KB184257

우리가 행복해지기 위해
버려야 할 것들

우리가 행복해지기 위해
버려야 할 것들 김한수 지음

오늘날 우리는 복잡하고 빠르게 돌아가는 세상 속에서 마음의 무게가 점점 더해짐을 느끼며 살아갑니다. 끊임없이 따라붙는 사회적 요구와 주변의 기대, 그리고 끝없는 경쟁 속에서 현대인의 마음은 늘 무거운 짐을 지고 있는 듯합니다.

많은 이들이 행복을 위해 부단히 노력하며, 무엇인가를 더 이루고, 더 나은 무언가를 얻으려 애쓰지만, 그 과정은 때로 불안과 불만을 남길 뿐 진정한 평온을 주지는 않습니다. 어쩌면 우리에게 진정 필요한 것은 더 많은 것을 얻는 것이 아니라, 불필요한 감정과 집착을 내려놓고 우리를 짓누르는 무거운 마음의 짐을 덜어내는 일인지도 모릅니다.

행복은 스스로 지고 있는 짐을 가볍게 할 때에야 비로소 가까워집니다. 『우리가 행복해지기 위해 버려야 할 것들』은 우리가 내려놓아야 할 감정과 생각들에 대해 돌아보고, 그것들을 자유롭게 내려놓는 연습을 돕는 마음 훈련 필사 노트입니다.

행복으로 가는 길에 방해가 되는 불필요한 짐들, 예를 들어 교만과 부정적인 생각, 증오와 분노, 그리고 지나친 걱정이나 나이 들어감에 대한 두려움 같은 감정들이 과연 우리에게 필요한 것인지 고민하게 해줍니다.

이 책은 필사를 통해 마음을 정돈하고 내려놓음을 실천하며, 오랜 세월 세계의 철학자와 작가, 그리고 여러 위인들이 남긴 지혜와 통찰을 우리의 삶에 새겨 넣도록 구성하였습니다.

이 책에서 다루는 각 장은 버림을 통해 우리의 내면을 더 가볍고 자유롭게 만들기 위한 중요한 주제를 담고 있습니다. 예를 들어, '교만한 마음'은 우리가 자신을 돌아보지 않고 남을 판단하게 만드는 요소이며, '부정적인 생각'은 스스로를 성장하지 못하게 막는 벽이 될 수 있습니다. 또한, '증오와 분노'는 우리의 정신을 갉아먹고, '너무 많은 걱정'은 오늘의 행복을 빼앗아가기도 합니다.

이 책을 통해 우리는 이러한 감정과 생각들이 진정한 행복에 다가가는 것을 방해하는 장애임을 깨닫게 합니다. 마음속 짐을 덜어내면서 점차 우리의 내면이 자유로워지고 평온해지는 과정은 우리 삶에 놀라운 변화를 가져다줄 것입니다.

더 나아가, 이 책은 단순히 글을 적는 필사 노트에 그치지 않습니다. 필사의 과정은 우리에게 내면의 평화와 깊이를 찾아가는 의미 있는 여정이 되어 줄 것입니다. 명언을 천천히 읽고 필사하며 그 문장 속에 담긴 의미를 온전히 받아들이는 과정을 통해, 우리는 마음속 깊이 쌓아두었던 불필요한 감정들을 인식하고, 그것들을 내려놓을 수 있게 됩니다.
이는 단순히 유명한 사람들의 명언을 되새기는 것을 넘어, 매일 조금씩 마음을 비워내는 훈련을 통해 진정한 자신과 만나게 하는 시간이 될 것입니다.

사실 우리는 종종 행복을 방해하는 감정들을 필연적이고 불가피한 것으로 받아들이며 살아갑니다. 그러나 이 책에서 다루는 주제들은 우리가 놓아도 되는 것들임을 보여줍니다.

그동안 의식하지 못했던, 또는 인정하지 않았던 감정들이 이제는 더 이상 우리에게 꼭 필요하지 않다는 사실을 깨닫는 것만으로도 마음의 큰 짐을 덜 수 있습니다.　지나친 걱정, 자신을 괴롭히는 생각, 남과의 불필요한 비교, 고정관념과 집착을 내려놓음으로써, 우리는 내면의 평화와 가벼움을 회복할 수 있습니다.

　이 책의 각 페이지에 담긴 한 문장을 필사하는 순간마다 독자 여러분이 내면의 평화를 조금씩 되찾고, 스스로의 삶에 긍정적인 변화를 이끌어 나갈 수 있는 힘을 얻으리라 믿습니다.

　『우리가 행복해지기 위해 버려야 할 것들』은 단순한 명언 필사 노트가 아니라, 우리가 나아가야 할 방향을 제시해 주는 소중한 동반자가 될 것입니다. 모든 불필요한 감정을 하나씩 내려놓고 비워내는 그 순간, 진정한 자유와 평온이 우리의 곁에 자리하게 될 것입니다.
　독자 여러분이 이 책을 통해 평온한 마음으로 삶을 살아가고, 매 순간 행복에 한 걸음 더 가까워지는 여행을 시작하길 바랍니다.

지난날 가졌던 확신이나 삶에 도움이 되었던 신념들을
다시 한 번 확고히 다질 필요도 있습니다.

그것은 종교적인 믿음일 수도 있고,
의미 있고 가치 있다 여겼던
정신적 · 심리적 · 철학적 믿음일 수도 있습니다.
마음을 편안하게 해주고, 의욕을 갖게 하며,
정신적인 기쁨을 줄 수 있는
지식이라면 무엇이든 활용해도 좋습니다.

그러한 것들을 다시 새롭게 찾아내고,
그것에 의지해 성장해보도록 노력하세요.

사랑을 잃고 살아남는 법 중에서

차 례

당신 마음에도 혹시 보이지 않는 벽이 있나요?

불안이 쌓아 올린 교만의 벽,

무너지지 않는 그 벽을 있는 그대로 품어보세요.

그 순간 알게 될 거예요. 겸손은 자유이고, 평화라는 걸.

우리가
행복해지기 위해
버려야 할 것들

1

교만한 마음

교만한 마음

우리가 행복해지기 위해 버려야 할 것 중 하나는 "교만한 마음"입니다. 교만은 단지 자신이 뛰어나다고 느끼는 것이 아니라, 내면의 불안과 두려움을 감추기 위한 방어기제에 지나지 않습니다. 우리가 타인과의 관계에서 편안함을 느끼지 못하고, 자신도 모르게 고립감을 느낄 때, 그 원인은 교만에서 비롯되는 경우가 많습니다.

교만한 마음은 자신을 과시하려는 욕망과, 자신을 특별하고 우월하다고 여기는 생각에 뿌리를 두고 있습니다. 그 뒤에는 늘 불안과 자신감 부족이 숨어 있습니다. 교만은, 결국 자신이 얼마나 불안하고 두려운 존재인지 인정하기 싫어서, 그 불안의 감정을 외면하려는 방식입니다.

교만을 버린다는 것은, 결국 자기 자신을 있는 그대로 받아들이는 일입니다. 우리는 모두 완벽하지 않습니다. 우리의 장점만큼이나 약점도 있고, 실패도 있습니다. 그러나 그 모든 것이 나를 이루는 데 중요한 부분이며, 그 속에서 진정한 자신의 모습을 발견할 수 있습니다.

교만은 내 안의 진짜 모습을 외면하게 만들지만, 겸손은 그 내면을 받아들이고, 나아가 자신을 사랑할 수 있게 합니다. 우리가 자신의 불완전함을 인정할 때, 비로소 더 큰 자유와 평화를 얻을 수 있습니다.

교만은 타인과의 벽을 만들게 합니다. 다른 사람과 비교하며 우위를 점하려 할 때, 그 관계는 불편해지고, 거리는 멀어지게 됩니다. 타인을 낮추고, 자신을 높이려는 마음은 결국 외로움을 부르고, 사람들은 그런 마음을 느끼고 떠나게 됩니다.

반면, 겸손은 우리가 타인을 진심으로 이해하고, 그들의 차이점을 존중할 수 있게 합니다. 겸손한 마음으로 다른 사람을 바라볼 때, 우리는 그들과의 깊고 의미 있는 관계를 형성할 수 있습니다. 진정한 행복은 다른 사람과의 진심 어린 소통 속에서 비롯되기 때문입니다.

교만을 버린다는 것은, 결국 자신을 있는 그대로 사랑하는 일입니다. 우리가 자신을 사랑할 수 있을 때, 타인을 사랑할 수 있으며, 세상과도 소통할 수 있습니다. 교만은 우리를 작게 만들고, 고립되게 하지만, 겸손은 우리를 확장시키고, 더 넓은 세상과 연결되게 합니다. 교만을 내려놓고, 자신을 있는 그대로 받아들이는 순간, 우리는 진정한 행복을 향해 나아갈 수 있습니다.

교만은 우리의 내면을 억압하고, 우리의 성장을 방해하는 짐이 될 뿐입니다. 하지만 교만을 버리고 겸손한 마음을 소유할 때, 우리는 내면의 평화와 자유를 얻을 수 있습니다.

우리가 자신을 진심으로 받아들이고, 다른 사람을 존중할 때, 진정한 행복은 찾아옵니다. 교만을 내려놓는 것은 우리 자신에게 주는 가장 큰 선물이자, 마음의 평화를 갖는 유일한 길입니다.

거만

거만은

인간이 자기를 남보다 뛰어나다고

생각하는 잘못된 견해에서 생기는 기쁨이다.

B. 스피노자

B. 스피노자 (Baruch Spinoza, 1632 - 1677)는 네덜란드의 철학자이며, 합리주의 철학의
주요 인물 중 한 사람.

거만은 자신을 남보다 위대하다고
여기는 착각에서 비롯됩니다.
겸손과 성찰만이 진정한 자아를
발견할 수 있음을 잊지 말아야 합니다.

거만

거만은 항상 상당량의 어리석음에 결부되어 있다.

거만은 항상 파멸의 한 걸음 앞에서 나타난다.

거만해지는 사람은 이미 승부에 지고 있는 것이다.

카를 힐티

카를 힐티 (Carl Hilty, 1833 – 1909)는 스위스의 법률가이자 철학자로, 윤리와 도덕적 삶에 관한 사상으로 유명한 인물.

거만함은 단순한 자만이 아닙니다.

그것은 스스로를 속이는 가장 교묘한 착각입니다.

높은 곳에 오를수록 발밑을 조심해야 하듯,

거만함을 경계하는 자만이 정상에 오를 수 있습니다.

거만

인간은 거만한 생각을 품지 말아야 한다.

거만은 꽃을 피우고 파멸의 이삭을 열게 한다.

그리하여 열매 맺는 가을이 오면

그칠 길 없는 눈물을 거둔다.

아이스킬로스

아이스킬로스 (Aeschylus, 기원전 525 – 기원전 456)는 고대 그리스의 비극 시인이자
극작가로, "비극의 아버지"라 불리는 인물.

거만은 한때 화려하게 피어나지만,
결국 그 끝은 슬픔과 후회를 남길 뿐입니다.
우리가 수확할 것은 자만이 아니라,
겸손의 열매로 가득한 가을이어야 합니다.

교만

사람의 성품 중에 가장 뿌리 깊은 것은 교만이다.

나는 지금 누구에게나 겸손할 수 있다고 자랑하고 있는데,

이것도 하나의 교만이다. 자기가 겸손을 의식하는 동안에는

아직 교만의 뿌리가 남아 있는 증거이다.

벤저민 프랭클린

벤저민 프랭클린 (Benjamin Franklin, 1706 – 1790)은 미국의 정치가, 발명가, 작가,
외교관으로 미국 독립과 민주주의 발전에 중요한 기여를 한 인물.

진정한 겸손은 겸손을 증명하려 하지 않습니다.
마치 향기로운 꽃이 스스로를 자랑하지 않듯이,
겸손한 사람은 자신의 낮음을 드러내려 애쓰지 않습니다.

허영

모든 것의 근본은 허영이다.

우리들이 양심이라고 부르는 것조차

결국은 허영의 숨겨진 싹 이외에 아무것도 아니다.

귀스타브 플로베르

귀스타브 플로베르 (Gustave Flaubert)는 19세기 프랑스의 소설가로, 사실주의 문학의 대표적 인물로 알려져 있는 인물.

모든 것의 뿌리는 허영 속에 숨어 있습니다.
우리가 양심이라 부르는 것도 결국,
허영이 품은 작은 씨앗에서 자라나는 숨겨진 욕망일 뿐,
진정한 순수함은 그 이면에 감춰져 있습니다.

허영

허영은 어떤 한계성을 넘으면
온갖 활동의 기쁨을 말살한다.
그래서 반드시 우울과 권태로 끝난다.
대체로 자신이 없는 데에서 허영이 생긴다.

버트런드 러셀

버트런드 러셀 (Bertrand Arthur William Russell)은 영국의 철학자, 논리학자,
수학자이자 비평가로, 20세기 가장 영향력 있는 사상가 중 한 명이다.

허영이 한계를 넘어서면 기쁨의 빛을 앗아갑니다.
그 끝에는 우울과 권태만이 기다릴 뿐,
진정한 자신을 잃은 곳에 허영은 싹트고,
그 자리를 채우는 건 결국 공허함뿐입니다.

부정적인 생각은 곧 나의 시선이 되고

나의 시선은 곧 나의 환경이 됩니다.

생각을 바꾸지 않으면 환경을 아무리 바꿔도

나의 삶은 결코 달라지지 않습니다.

우리가
행복해지기 위해
버려야 할 것들

2

부정적인 생각

부정적인 생각

우리가 삶에서 행복을 추구하며 나아갈 때 가장 큰 걸림돌 중 하나가 바로 우리 내면에 자리 잡은 "부정적인 생각"들입니다. 이러한 부정적인 생각은 문제를 객관적으로 바라보지 못하게 하고, 나아가 우리의 행동과 감정을 지배하면서 스스로를 제한하는 장벽이 됩니다. 부정적인 생각은 단지 순간적인 불쾌감으로 그치지 않고, 점차 삶의 전체적 색조를 어둡게 변화시키며 자신과 타인에 대한 신뢰마저 약화시킵니다.

부정적인 생각이 행복에 방해가 되는 이유는 이들이 생각의 틀을 고정시켜 버리기 때문입니다. 우리 내면의 부정적 신념은 자신에게 기대하는 가능성의 한계를 스스로 설정하며, 이러한 생각에 갇혀 우리는 새로운 도전이나 경험을 꺼리게 됩니다.

부정적인 생각이 자기 비하가 신념으로 자리 잡게 되면, 어떠한 긍정적인 변화도 기대하기 어려워집니다. 이는 일종의 자기실현적 예언이 되어, 실제로 우리의 능력을 제한하고, 결과적으로 만족과 성취감을 느끼기 어렵게 만들기 때문입니다.

부정적인 생각은 나아가 타인과의 관계에서도 악영향을 미칩니다. 다른 사람을 지나치게 의심하거나 그들이 나를 이해하지 못할 것이라는 불신으로 이어지면, 타인과의 관계는 겉돌기 마련입니다. 이러한 부정적 시각은 결국 다른 사람들과의 갈등을 심화시키고, 관계에서 얻을 수 있는 정서적 지지나 위로조차 포기하게 만들게 됩니다.

이러한 부정적인 생각들을 다루기 위해 가장 먼저 할 일은 우리의 생각이 항상 진리를 반영하는 것이 아님을 인식하는 것입니다.

인지심리학에서는 '인지 왜곡'이라는 개념을 통해 부정적 사고의 오류를 설명하는데, 사람들은 종종 사소한 실패를 과도하게 확대하거나, 특정 사건만으로 자신 전체를 평가하는 실수를 저지른다고 합니다. 이를 인지하고 깨달았을 때, 우리는 부정적인 생각을 받아들이는 대신 그것을 검토하고, 변화시킬 수 있는 힘을 가지게 됩니다.

또한 긍정적인 관점으로 사고를 전환하려는 노력이 필요합니다. 이는 단순히 '좋게 생각하라'는 차원을 넘어서, 현실을 보다 균형 잡힌 시각으로 바라보려는 의식적인 연습을 의미합니다. 문제나 도전이 있을 때 그 안에서 배울 점이나 긍정적 기회를 찾으려는 자세를 가질 때, 부정적인 생각은 자연스럽게 줄어들게 될 것입니다.

부정적인 생각을 버리는 것은 하루아침에 이루어질 수 없는 과정이지만, 그럼에도 이러한 노력이 결국에는 더 행복하고 자유로운 삶을 위한 길임을 기억해야 합니다.

우울

자연의 복판에 살면서 자기의 모든 감각을 조용히 간직하는
사람에게는 지나치게 암담한 우울은 존재할 여지가 없다.
건전하고 순진한 귀로 들으면 어떠한 폭풍도
바람의 신의 노랫소리로만 들린다.
소박하고 용감한 인간을 천한 슬픔으로
몰아넣을 권리를 갖는 것은 아무것도 없다.

헨리 데이비드 소로

헨리 데이비드 소로 (Henry David Thoreau)는 19세기 미국의 철학자, 작가,
자연주의자로, 자연과 자아에 대한 깊은 사유로 잘 알려져 있다.

자연 속에서 자신의 감각을 온전히 느끼며 살아간다면,
어떤 폭풍도 두려움 대신 바람의 속삭임으로 들리게 될 것입니다.
소박하고 겸허한 마음은 결코 당신을
슬픔에 머물게 하지 않을 것입니다.

우울

만일 우리가 행복을 반대어로 정의하려 한다면
'비애'와 대비하여 정의해서는 안 되고
'우울'과 대비하여 정의해야 할 것이다.

E. 프롬

E. 프롬 (Erich Fromm 1900-1980)은 독일 출신의 심리학자, 사회 철학자로 인간의
심리와 사회 구조 간의 상호작용을 분석한 다양한 저서를 남겼다.

행복은 비애가 아닌 우울의 반대편에 있습니다.

비애는 지나가는 폭풍이지만, 우울은 끝없는 어둠입니다.

마음의 빛을 잃지 않을 때 우리는 행복에 다가설 수 있고,

작은 기쁨도 소중히 여길 때 삶은 더 따뜻해집니다.

불안

만일 지금 이 시대를

불안의 시대라고 불러서 큰 잘못이 아니라면,

그것은 주로 자아의 상실로 인해

이야기되는 불안 때문인 것이다.

E. 프롬

E. 프롬 (Erich Fromm 1900-1980)은 독일 출신의 심리학자, 사회 철학자로 인간의 심리와 사회 구조 간의 상호작용을 분석한 다양한 저서를 남겼다.

이 시대를 불안의 시대라 부를 수 있다면,
그 불안은 자아를 잃어버린 깊은 공허에서 비롯됩니다.
자신을 잃은 마음은 그 어느 때보다 흔들리고,
그 속에서 우리는 끝없이 방황하며 불안을 품고 살아갑니다.

불안

인생의 즐거움은

삶의 소산이 아니라, 보다 높은 인생에서의

비약에 대한 우리들의 불안인 것이다.

인생의 괴로움은 삶의 소산이 아니라

그 불안에서 오는 우리들의 자학이다.

F. 카프카

F. 카프카 (Franz Kafka 1883-1924)는 체코의 독일어 작가로, 불안, 고립, 그리고 존재의
부조리함을 다룬 작품으로 잘 알려져 있다.

인생의 기쁨은 삶의 열매가 아닌,
더 높은 존재로 나아가려는 불안 속에 숨겨져 있습니다.
인생의 괴로움은 단지 삶의 결과가 아니라,
그 불안에서 비롯된 우리의 자아와의 싸움입니다.

우울

실제보다 더 많은 에너지와 열정을 품고 있다거나

행복한 것처럼 보이려고 노력하는 건 어리석은 일입니다.

가식적인 행동은 치유에 써야 할 에너지를 낭비하는 일입니다.

어느 정도는 우울에 빠져 있는 것도 괜찮습니다.

눈물을 흘리는 것도 그것만의 특별한 기능이 있습니다.

눈물은 마음을 정화시키고 편안하게 해줍니다.

멜바 콜그로브

멜바 콜그로브 (Melba Colgrove)는 미국의 정신 건강 전문가이자 작가로, 철학 박사. 카운슬링 그리고 조직 심리학을 전공했다.

실제보다 더 밝은 모습으로 보이려 애쓰는 건,
자신의 에너지를 낭비하는 어리석은 일입니다.
때로는 우울감에 빠져 있는 것도 괜찮고,
눈물은 마음을 정화하고 깊은 평안을 가져오기도 합니다.

실패

미래를 겁내고 실패를 무섭게 여기는 사람은

그 활동을 제한당하여 손발을 내밀지 못하게 되는 것이다.

실패라는 것은 별로 겁낼 것이 아니다.

그것보다 오히려 이전에 했을 때보다도,

더욱 풍부한 지식으로 다시 일을 시작할 좋은 기회인 것이다.

H. 포드

H. 포드 (Henry Ford 1863-1947)는 미국의 산업재벌이자 자동차 제조업체 포드 모터
컴퍼니의 창립자.

미래를 두려워하며 실패를 겁낸다면,

그 두려움이 스스로를 묶어버립니다.

실패는 끝이 아니라 새로운 시작의 문턱이며,

더 깊은 지혜로 다시 나아갈 기회를 선물합니다.

증오와 분노를 내려놓으면, 마음은 가벼워지고
그 자리를 잃어버린 마음의 평화가 다시 채워질 것입니다.
그때 비로소 우리는 더 깊은 성장을 하며,
진정한 행복의 길로 걸어가고 있을 것입니다.

우리가
행복해지기 위해
버려야 할 것들

3

증오와 분노

증오와 분노

우리가 행복해지기 위한 여정에서 가장 큰 장애물 중 하나는 바로 "증오와 분노"입니다. 물론, 증오와 분노는 자연스러운 감정이지만, 그것들을 계속해서 품고 살게 되면 우리의 내면을 어지럽히고, 삶에 깊은 상처를 남깁니다. 증오와 분노는 우리를 부정적인 상태로 몰고 가고, 결국 우리의 행복을 방해하는 요소로 작용하게 됩니다.

분노와 증오는 우리를 왜곡된 시각으로 세상을 바라보게 만들고, 상황을 과장되게 해석하며, 문제의 본질을 파악할 수 없게 만듭니다. 이러한 감정은 우리를 계속해서 과거에 집착하게 만들고, 감정에 휘둘리며, 성장을 멈추게 하기도 합니다.

더 큰 문제는 증오와 분노가 사람들과의 관계에 심각한 영향을 미친다는 점입니다. 우리가 분노하거나 증오할 때, 그 감정은 종종 우리의 행동과 태도에 영향을 주고, 타인과의 갈등을 불러일으킨다는 것입니다. 결국 이러한 감정은 신뢰를 무너뜨리고, 서로를 이해하려는 노력 없이 갈등을 반복하게 만들어 점차적으로 멀어지는 결과를 만들게 됩니다.

그렇다면 증오와 분노를 어떻게 다뤄야 할까요? 첫 번째로, 우리는 이 감정들이 우리 내면을 지배하고 있다는 사실을 인정해야 합니다. 이를 인식하고, 그것들이 우리에게 미치는 영향을 제대로 이해할 때, 우리는 변화의 첫발을 내딛을 수 있습니다.

　증오와 분노를 다루는 중요한 방법 중 하나는 바로 용서입니다. 용서는 결코 상대방의 잘못을 무시하거나 정당화하는 것이 아닙니다. 용서는 그들의 잘못을 인정하고, 그로 인해 생긴 자신의 감정을 내려놓는 과정입니다. 용서를 통해 우리는 마음의 짐을 덜고, 더 이상 그 감정에 지배당하지 않게 해야 합니다.

　또한, 상대방을 이해하려는 노력도 중요합니다. 사람들은 각자의 상황과 이유가 있어 특정 행동을 합니다. 상대방의 입장에서 그들의 행동을 이해하려는 태도를 가지면, 우리는 분노나 증오에서 벗어날 수 있습니다. 이렇게 감정을 정리하고, 타인을 이해하려는 마음을 가질 때, 우리는 더 이상 증오나 분노에 휘둘리지 않으며, 내면의 평화와 안정을 찾을 수 있습니다.

　증오와 분노를 버린다는 것은 단순히 부정적인 감정을 없애는 것이 아닙니다. 그것은 내면의 평화와 안정감을 회복하고, 더 나아가 사람들과의 관계에서 진정한 친밀감과 신뢰를 쌓는 길이기도 합니다.
　증오와 분노를 내려놓는 과정이 바로 행복으로 가는 길임을 깨닫고, 이를 버리는 것이 우리가 더욱 성숙하고 깊이 있는 사람으로 성장하는 방법임을 알아야 합니다.

증오

분노와 증오, 복수심과 격정은 태초부터 인간이 가지고
있던 본성이 아니다. 이것들은 인간이 낙원에서
쫓겨난 후에 생긴 병든 정열이다.

콘스탄틴 비르질 게오르규

콘스탄틴 비르질 게오르규 (Constantin Virgil Gheorghiu, 1916 – 1992)는 루마니아
출신의 작가이자 외교관이다.

분노와 증오, 복수심은 우리가 가진 순수함이 아닙니다.

그것들은 상처받은 마음이 만들어낸 병든 감정일 뿐,

진정한 인간의 본성은 사랑과 평화에 있습니다.

미움

듣기 싫은 음악에 대해서 이야기하지 말고 듣기 좋은
음악에 대해서 화제를 삼으라. 미워하고 싫어하는 감정은
될 수 있는 대로 발산하지 않는 것이 우리 자신의
건강을 위해서 유익하다. 애정으로 표현된 감정만이
우리에게 좋은 피를 만들어 준다.

알랭

알랭 (Alain, 본명 Émile-Auguste Chartier, 1868 - 1951)은 프랑스의 철학자, 작가,
교사로, 수필과 일상적인 삶에 대한 깊이 있는 통찰로 유명하다.

듣기 싫은 소리보다는,
마음에 울려 퍼지는 아름다운 선율을 찾으십시오.
미움은 품지 말고, 사랑으로 가득 채우면,
그 감정이 우리를 건강하고 생기 있게 만듭니다.

미움

우리가 사람을 미워할 경우

그것은 단지 그의 모습을 빌려서

자신의 속에 있는 무엇인가를 미워하는 것이다.

자신의 속에 없는 것은 절대로 자기를 흥분시키지 않는다.

헤르만 헤세

헤르만 헤세 (Hermann Hesse, 1877 – 1962)는 독일 출신의 소설가이자 시인으로, 자기 탐구와 정신적 성장에 대한 작품으로 널리 알려져 있다.

우리가 미워하는 것은 그 사람의 모습이 아니라,
내 안에 숨겨진 무엇인가를 비추는 거울일 뿐입니다.
자신의 마음에 없는 것은 결코 마음을 흔들지 않으며,
미움은 결국 내 속의 상처를 드러내는 법입니다.

분노

격분도 어느 극에까지 도달하면

인간은 거의 그 격분이 유쾌해져 될 대로 되라는

자포자기적 지분으로 점점 더해 가는 쾌감을 즐기면서

아무런 억제도 없이 분노에 스스로를 내맡기고 만다.

도스토예프스키

도스토예프스키 (Fyodor Mikhailovich Dostoevsky, 1821 - 1881)는 러시아의 소설가이자 철학자로, 인간 존재의 심오한 복잡성을 탐구한 작품들로 널리 알려져 있다.

격분은 극에 달하면,
자포자기의 쾌감을 따라 끝없이 번져갑니다.
스스로를 억제할 수 없게 되면,
분노 속에서 그 쾌락을 찾으며 망가져 가는 법입니다.

노여움

골이 나거든,

무엇인가를 말하든가 행하기 전에 열까지 세어라.

그래도 노함이 걷히지 않거든 배까지 세어라.

그래도 안 되거든 천까지 세어라.

토마스 제퍼슨

토마스 제퍼슨 (Thomas Jefferson, 1743-1826)은 미국의 정치가, 철학자, 그리고 제3대 대통령 1801-1809 으로, 독립선언서의 주요 저자로 잘 알려져 있다.

화를 내기 전에 잠시 숨을 고르고,
마음이 식을 때까지 천천히 셈을 시작하세요.
열을 세고, 배를 세고, 천을 세어,
마음의 평화를 찾아야만 진정한 지혜를 배우게 됩니다.

노여움

감정 폭발은 곧 이성의 결함이다.
어리석은 자가 격분하고 있을 때, 냉정을
잃지 않는 사람은 성숙한 인간의 징표이다.

발타자르 그라시안

발타자르 그라시안 (Balthasar Gracián, 1601 - 1658)은 스페인의 철학자이자 작가로,
17세기 바르코크 시대의 사상가 중 한 명으로 알려져 있다.

감정이 폭발할 때 이성은 흔들리고,
분노 속에서 어리석음이 드러납니다.
냉정을 잃지 않는 사람만이 진정으로 성숙하며,
차분한 마음속에서 진정한 지혜가 자라납니다.

걱정을 놓아버리면 마음은 가벼워지고,
불안 대신 평화가 찾아옵니다.
현재를 살아가는 순간, 지나온 길도, 다가올 길도
우리의 삶을 억누르지 않게 됩니다.

우리가
행복해지기 위해
버려야 할 것들

4

너무 많은 걱정들

너무 많은 걱정들

우리가 행복해지기 위해 가장 먼저 버려야 할 것 중 하나는 "너무 많은 걱정들"입니다. 현대 사회에서 우리는 끊임없이 미래에 대한 불안과 과거의 실수에 대해 후회하며 살아갑니다. 이런 걱정들은 우리를 불안하게 만들고, 마음을 지배하여 삶의 질을 떨어뜨려 우리가 현재를 온전히 살아가지 못하게 만든다는 것입니다.

걱정은 본질적으로 미래에 대한 불안에서 비롯되어, 이를 예측할 수 없기 때문에 불안감을 느끼게 됩니다.

걱정은 우리가 통제할 수 없는 상황에 대한 불안만 키울 뿐, 문제를 해결하지 못하고 상황을 악화시킬 수 있습니다. 지나치게 걱정하면 문제를 과장하여 해석하고, 현재에 집중하지 못하게 되어, 결국에는 현재를 살아가는 우리에게 많은 에너지를 낭비하게 만듭니다.

걱정이 지나치면 단순히 감정적인 문제가 아니라 신체적, 정신적인 문제로 확산될 수 있습니다. 불안과 걱정이 지속되면, 신체적으로는 심박 수가 빨라지고, 불면증이나 소화불량 같은 증상이 발생할 수 있습니다.

정신적으로도 과도한 걱정은 우리가 문제를 해결하기보다는 문제를 더욱 확대시키며, 감정적으로 소모되게 만듭니다. 이런 상태에서는 삶에서 진정한 기쁨을 경험하기란 매우 어렵습니다.

그렇다면 걱정을 어떻게 다뤄야 할까요? 첫 번째로 중요한 것은 걱정이 일어날 때 그것을 인식하고 받아들이는 것입니다. 걱정의 본질을 이해하고, 그것이 우리가 통제할 수 없는 부분에 대한 불안에 불과하다는 사실을 받아들이는 것이 필요합니다.

우리는 모든 일을 통제할 수 없기에, 불확실한 미래에 대해 지나치게 걱정하는 것보다는 현재에 집중하는 것이 더 중요합니다. 현재를 살아가는 것만으로도 걱정은 줄어들 수 있습니다.

또한, 현재에 집중하는 연습도 도움이 됩니다. 명상이나 깊은 호흡을 통해 마음을 차분하게 하고, 눈앞의 일에 집중하는 것이 걱정을 덜어주는 좋은 방법입니다. 현재에 집중할 수 있다면 우리는 미래에 대한 불안이나 과거의 후회에 사로잡히지 않고, 삶의 한 순간 한 순간을 의미 있게 살아갈 수 있습니다.

걱정을 버리는 것은 내면의 평화를 얻는 것과 같습니다. 걱정을 덜어내면 우리는 더 가벼운 마음으로 삶을 대할 수 있게 되고, 그것이 우리의 정신적인 건강과 행복한 삶을 살아가는 데 도움이 될 것이며, 더 긍정적이고 창의적인 에너지로 가득 차게 될 것입니다.

근심

사람은 마음이 즐거우면 종일 걸어도 싫증이 나지 않지만,

마음속에 근심이 있으면 불과 십 리를 걸어도 싫증이 난다.

인생의 행로도 이와 마찬가지다.

늘 명랑하게 유쾌한 마음으로 그대의 인생을 걸어라.

W. 셰익스피어

W. 셰익스피어 (William Shakespeare, 1564-1616)는 영국의 극작가이자 시인으로, 영어 문학에서 가장 위대한 인물 중 한 사람이다.

마음이 가벼우면 먼 길도 즐겁게 걸을 수 있지만,
근심이 가득하면 짧은 길도 지겹게 느껴집니다.
인생의 여정도 그와 같으니,
항상 유쾌한 마음으로 걸어가세요.

근심

만약 인생이 불행하다면

우리는 그 괴로운 짐을 벗어 버리려고 애쓴다.

반대로 만약 인생이 행복하다면

그것을 잃어버릴까 겁을 낸다.

깊이 생각하면 행복이고 불행이고

마음에 부담이 되는 점은 일반이다.

J. 라 브뤼예르

J. 라 브뤼예르 (Jean de La Bruyère, 1645년 ~ 1696년)는 프랑스의 작가이자 철학자로, 인물과 사회의 복잡한 관계를 정교하게 표현한 인물이다.

불행한 삶은 벗어내려 애쓰고,
행복한 삶은 잃을까 두려워하죠.
그러나 깊이 생각해 보면,
행복과 불행 모두 마음의 짐이 될 뿐입니다.

근심

근심을 잊지 못하는 습성에서 벗어나라!

또 어떠한 손실을 회복하려고 애쓰지 말라.

도박꾼이 많은 돈을 찾으려다가 더 크게 손실을 보듯이

점점 회복하기 어려운 구덩이로 빠지게 된다.

D. 카네기

D. 카네기 (Dale Carnegie, 1888-1955)는 미국의 작가이자 강연가로, 자기계발과
인간관계에 관한 저서로 잘 알려져 있다.

근심에 갇힌 마음을 놓아버리세요.

잃은 것을 되찾으려 애쓰지 마세요.

도박처럼 더 많은 것을 추구하다가

결국 더 큰 상처를 입게 됩니다.

마음을 비우는 연습으로 마음의 평화를 찾아보세요.

절망

절망은 죽음에 이르는 병이다.

자기의 집인 이 병은 영원히 죽는 것이며,

죽어야 할 것이면서 죽어지지 않는 것이다.

그것은 죽음을 주는 일이다.

쇠렌 키르케고르

쇠렌 키르케고르(1813 - 1855) 덴마크의 철학자이자 신학자로, 실존주의 철학의 선구자로, 인간 존재의 본질과 절망, 신앙에 대한 깊은 탐구로 잘 알려져 있다.

절망은 마음 깊은 곳에 깃든 끝없는 고통입니다.
죽음조차 허락되지 않는 영혼의 무거운 짐입니다.
그럼에도 희망의 빛이 스며든다면 비로소 어둠은 물러가고,
삶은 다시 빛과 기쁨으로 피어날 것입니다.

낙심

절망하지 마시오. 좋은 것들을 성취하고 싶은 마음은

간절하나 비록 성취하지 못한다 하더라도

낙담하지 마시오. 혹시 쓰러지더라도 다시 일어서도록

노력하고 어려움을 극복하도록 노력하시오.

모든 사건의 본질과 사물의 본질을 터득하시오.

마르쿠스 아우렐리우스

마르쿠스 아우렐리우스 (Marcus Aurelius, 121 - 180년)는 로마 제국의 황제이자
철학자로, 스토아 철학을 대표하는 인물이다.

절망하지 마세요, 원하는 바가 이루어지지 않더라도
실패에 낙담하지 말고, 다시 일어설 용기를 가지세요.
어려움 속에서도 굳건히 서며, 한 걸음씩 나아가며,
모든 일이 가진 진정한 의미를 깨닫고, 삶의 깊이를 느끼세요.

절망

태양은 또다시 떠오른다.

태양이 저녁이 되면 석양이 물든 지평선으로 지지만,

아침이 되면 다시 떠오른다. 태양은 결코 이 세상을 어둠이

지배하도록 놔두지 않는다. 태양은 밝음을 주고 생명을 주고

따스함을 준다. 태양이 있는 한 절망하지 않아도 된다.

희망이 곧 태양이다.

어니스트 헤밍웨이

어니스트 헤밍웨이 (Ernest Hemingway, 1899 - 1961)는 미국의 소설가이자
저널리스트로, 간결하고 절제된 문체로 20세기 문학에 큰 영향을 미친 작가이다.

태양은 지평선 너머로 사라져도 다시 떠오릅니다.

어둠은 잠시일 뿐, 빛은 늘 길을 찾아옵니다.

그 따스함 속에 생명이 움트고 희망이 피어납니다.

태양이 있는 한, 우리는 절망 대신 꿈을 품어야 합니다.

나이 듦은 흐르는 강물처럼 삶의 한 부분입니다.

젊음은 사라져도, 지혜는 영원한 것입니다.

변화를 받아들이고, 지금을 더욱 깊이 살아가야 합니다.

두려움을 내려놓고 인정해야만, 나이 듦은 아름답게 보입니다.

우리가
행복해지기 위해
버려야 할 것들

5

나이 듦에 대한
두려움

나이 듦에 대한 두려움

행복해지기 위해 내려놓아야 할 감정 중 하나는 "나이 듦에 대한 두려움"입니다. 현대 사회는 젊음과 활력을 과도하게 이상화하여, 나이가 들수록 소중한 것을 잃는다는 잘못된 인식을 심어주고 있습니다. 이는 자연스러운 노화 과정을 부정적으로 바라보게 만들고, 우리를 불안과 불만 속에 가두는 요인이 되기도 합니다.

그 결과, 우리는 변화하는 자신의 모습을 수용하지 못하고 젊음을 유지하려는 지나친 노력으로 스스로를 지치게 만들고 있다는 것입니다. 이러한 태도는 현재의 삶에서 느낄 수 있는 작은 행복마저 놓치게 하며, 미래에 대한 불안과 후회 속에 갇히게 할 뿐입니다.

그러나 나이 듦은 상실이 아니라, 새로운 가능성과 지혜를 발견할 수 있는 귀중한 기회라는 점을 기억해야 합니다.

나이 듦에 대한 두려움은 자아 존중을 떨어뜨리고 자기 가치를 왜곡시킵니다. 많은 이들이 나이가 들수록 자신의 가치가 줄어든다고 느끼지만, 인생의 가치는 단지 나이에 있지 않으며, 오히려 경험과 지혜는 나이 듦이 선사하는 특별한 선물입니다.

이러한 자산은 내면을 풍요롭게 하고, 타인과의 깊이 있는 소통을 가능하게 합니다. 외적인 젊음보다 중요한 것은 성숙한 내면과 삶의 본질적인 가치를 발견하는 것입니다.

나이 듦을 두려워하는 태도는 현재의 행복을 누리는 데 장애가 될 뿐입니다. 나이를 자연스럽게 받아들이면 삶의 소중한 순간들을 더 온전히 즐길 수 있으며, 단순히 시간을 흘려보내는 것이 아니라, 살아온 길을 돌아보며 쌓아온 지혜와 성장을 인정하고, 자신의 인생을 긍정적으로 바라보는 계기가 됩니다.

나이가 든다는 것은 새로운 가능성을 발견하고 삶의 의미를 재정립할 기회입니다. 나이 듦은 오늘 하루를 더욱 소중히 여기게 하고, 일상의 작은 순간에도 감사할 줄 아는 마음을 선사합니다. 이는 과거의 경험과 현재의 시간을 연결하여 우리를 더욱 풍요롭고 충만한 삶으로 이끄는 중요한 과정입니다.

나이 듦에 대한 두려움을 극복하려면 자연의 흐름을 받아들이고, 변화하는 자신을 긍정적으로 마주하는 태도가 필요합니다. 나이는 우리 본질의 가치를 바꾸지 않을 뿐 아니라, 자신을 온전히 사랑하고 내면의 깊이를 더욱 성숙하게 하는 자연의 섭리임을 깨달아야 합니다.

나이 듦은 단순히 시간의 흐름을 나타내는 증표가 아니라, 삶을 더 성숙하고 충만하게 만들어주는 축복입니다. 두려움을 내려놓고 나이에 구애받지 않는 자유로움을 얻을 때, 우리는 진정한 행복과 만족에 가까워질 수 있습니다.

나이

나이와 함께 지혜가 자라고 연륜과 함께

깨달음이 깊어 가도 지혜와 힘은 결국

그에게서 나오고 경륜과 판단력도 그에게서 있는 것.

구약성서

구약성서 (Old Testament 욥기 12장 12~13)는 유대교와 기독교의 성경 중에서 첫 번째
부분을 가리키며, 유대 민족의 역사, 율법, 예언, 시편 등으로 구성되어 있다.

시간은 지혜를 쌓고, 깨달음을 깊게 합니다.
나이가 들수록 판단력이 밝아지지만,
이 모든 지혜와 힘은 한 곳에서 나온다고 합니다.
그 근원을 아는 사람이 진정한 삶의 지혜를 아는 것입니다.

나이

나이를 먹는 것을 두려워 말라.
걱정해야 할 일은 나이를 먹기까지의
여러 가지 장애를 극복하는 일이다.

조지 버나드 쇼

조지 버나드 쇼(George Bernard Shaw, 1856~1950)는 아일랜드 출신의 극작가, 평론가,
그리고 사회 비평가다. 20세기 초의 대표적인 극작가 중 한 사람이다.

나이 듦을 두려워하지 마십시오.
진정 두려운 것은 그 길을 가로막는 장벽을 넘는 일입니다.
세월은 흐르지만, 그 속에서 우리는 끊임없이 자라야 합니다.
시간을 이기는 것은 나이가 아닌, 마음의 깊이와 강인함입니다.

나이

나이가 들어감에 따라 충족된 생활이 시작되고
마음은 부드러워집니다. 성숙된 노년은 바이올린에게,
포도주에게, 그리고 친구에게
음률과 품격을 가져다줍니다.

J. T. 트로브리지

J. T. 트로브리지 (J. T. Trowbridge, 1827~1916)는 19세기 미국의 시인, 소설가, 그리고
수필가로, 자연과 인간의 감정을 섬세하게 묘사한 인물이다.

나이가 들어감에 따라 삶은 더욱 풍성해지고,
마음은 서서히 부드러워집니다.
성숙한 노년은 바이올린의 선율처럼,
포도주의 깊은 향처럼, 사람에게 품격을 선사합니다.

나이 듦

훌륭한 인간이 되기 위해서는 나이를 먹는 것이 필요하다.
나는 실수를 범하려 할 때마다 그것은 전에 범했던
실수란 것을 깨닫게 된다.

요한 볼프강 폰 괴테

요한 볼프강 폰 괴테 (Johann Wolfgang von Goethe, 1749 - 1832)는 독일의 시인,
극작가, 소설가, 철학자이자 자연과학자로, 독일 문학의 대표적인 인물로 평가받는다.

나이를 먹는다는 건,
똑같은 실수를 반복하며 조금씩 더 현명해지는 과정입니다.
그 안에서 우리는 비로소 진정한 자신을 발견해 나가는 것입니다.

나이 듦

밝고 행복한 성격을 가진 사람은

나이의 압박을 거의 느끼지 않는다.

하지만 정반대 성격을 가진 사람에겐

나이 듦 모두가 짐이다.

플라톤

플라톤 (Plato, 기원전 427/428 – 기원전 347)은 고대 그리스의 철학자이자 아테네
출신으로, 서양 철학의 기초를 다진 인물이다.

밝은 마음은 나이를 잊게 만들며,
행복한 웃음은 시간의 무게를 가볍게 합니다.
그러나 어두운 마음은 세월을 짐으로 느끼게 하며,
마음이 가벼운 자만이 진정한 자유를 누릴 수 있습니다.

늙음

인간은 단순히 나이와 함께 늙는 것은 아니다.

인간은 이상을 상실하기 때문에 늙는다.

나이와 함께 외부에는 주름살이 생길 것이다.

그러나 이 세상일에 흥미를 잃어버리지 않는다면

그 마음에는 주름이 잡히지 않을 것이다.

더글라스 맥아더

더글라스 맥아더 (Douglas MacArthur, 1880 - 1964)는 미국의 군인으로, 제2차 세계
대전과 한국 전쟁에서 중요한 역할을 한 인물이다.

인간은 단순히 나이와 함께 늙는 것이 아닙니다.
이상과 열정을 잃을 때 비로소 늙기 시작합니다.
외면은 주름이 생기지만, 마음이 살아 있다면
그 안에는 결코 주름이 잡히지 않을 것입니다.

변화를 두려워하지 말고, 새로운 길을 걸어가 보세요.

익숙함을 벗어날 때, 진정한 삶의 의미가 펼쳐집니다.

안주하는 삶을 벗어나야 더 강해지고, 진짜 행복을 느낍니다.

행복은 변화의 여정 속에 숨겨져 있답니다.

우리가
행복해지기 위해
버려야 할 것들

현실에 안주하는
마음

현실에 안주하는 마음

행복해지기 위해 우리가 버려야 할 감정 중 하나는 "현실에 안주하는 마음"입니다. 우리는 종종 익숙한 환경과 현재의 안정 속에서 편안함을 느끼며, 그 상태에 머무르기를 원합니다. 그러나 현실에 안주하는 상태는 잠시 안도감을 주지만, 시간이 흐르면서 반복적인 일상 속에서 무기력함과 지루함을 가지게 합니다.

무언가 새로운 것을 배우거나 도전하지 않으면 우리의 삶은 점차 활력을 잃고, 의미 있는 발전이 멈추게 될 뿐입니다. 진정한 자기발전과 성장은 현실에 안주하지 않고 새로운 길을 열어갈 때 더욱 깊어질 수 있습니다.

현실에 안주하는 마음은 자아 존중감과 자기 신뢰에도 부정적인 영향을 미칩니다. 현실에 안주하는 것은 "나는 여기까지다"라는 무의식적 생각을 심어주며, 스스로의 가능성을 제한하게 만듭니다.

하지만 우리는 무한한 가능성과 잠재력을 지닌 존재입니다. 현실을 벗어나 새로운 시도와 도전을 하는 과정에서 우리 자신에 대한 믿음과 신뢰를 더 키울 수 있으며, 실패를 통해 성장하고 도전을 통해 성취감을 쌓아갈 수 있는 것입니다.

결국, 우리는 매 순간 변화와 도전의 길을 선택해야만, 현실에 안주하는 마음에서 벗어나 더 자신감 있고, 충만한 삶을 살아갈 수 있음을 깨달아야 합니다.

현실에 안주하지 않고 변화에 대한 용기를 가질 때 우리는 진정한 행복을 발견할 수 있습니다. 새로운 도전에는 실패나 어려움이 따를 수 있지만, 그러한 경험조차 우리에게 귀중한 교훈과 성장을 가져다줍니다.

우리는 어려움을 마주하면서 내면의 한계를 뛰어넘고, 더 큰 의미와 가치를 경험해야 합니다. 변화는 우리 삶을 풍요롭게 만들어주는 중요한 요소로, 작은 변화를 받아들이는 것만으로도 삶에 새로운 활력을 불어넣을 수 있기 때문입니다.

현실에 안주하는 마음을 버린다는 것은 현재의 편안함을 포기하고 더 나은 자신을 향해 나아가는 용기를 선택하는 것입니다. 물론 변화의 과정이 항상 쉬운 것은 아니며 때때로 불확실성과 두려움을 동반하지만, 이러한 감정은 도전을 통해 극복할 수 있습니다.

익숙함의 상태를 벗어나 개인의 성장과 변화를 위해 도전할 때, 우리는 비로소 더 깊이 있는 행복을 경험하게 될 것입니다. 행복은 단지 편안함 속에 존재하는 것이 아니라, 도전과 성장을 통해 스스로를 발견하고 발전해 나가는 과정에서 찾아지기 때문입니다.

게으름

성공하지 못한 사람의 공통점은 게으름에 있다.

게으름은 인간을 패해하게 만드는 주범이다.

성공하려거든 먼저 게으름을 극복해야 한다.

알베르 카뮈

알베르 카뮈(Albert Camus, 1913-1960)는 프랑스의 철학자이자 소설가, 극작가로, 실존주의와 부조리 철학의 중요한 인물이다.

게으름은 가장 달콤한 휴식 같지만, 삶을 잠식하는 독입니다.

꿈은 가만히 있어도 유지될 것 같지만, 서서히 사라집니다.

꿈은 부지런함 속에서만 희망이 보이듯,

멈춰 있는 순간에도 한 걸음을 내디뎌야 빛을 만날 수 있습니다.

나태함

나태는 녹이 스는 것처럼

사람을 쇠퇴하게 만들며,

쇠퇴의 속도는 노동함으로써

지치는 것보다 훨씬 빠르다.

벤자민 프랭클린

벤자민 프랭클린(Benjamin Franklin, 1706-1790)은 미국의 정치가, 과학자, 작가,
발명가이자 외교관으로, 미국 건국의 아버지 중 한 사람으로 알려져 있다.

나태는 서서히 스며드는 녹과 같아
마음을 갉고 영혼을 무디게 합니다.
지친 노동은 다시 빛날 힘을 주지만,
멈춘 쇠퇴는 그보다 더 빠르게 삶을 잠식시킵니다.

나태함

행동 계획에는 위험과 대가가 따른다. 하지만
이는 나태하게 아무 행동도 취하지 않는데 따르는
장기 위험과 대가에 비하면 훨씬 작다.

존 F. 케네디

존 F. 케네디(John F. Kennedy, 1917-1963)는 미국의 제35대 대통령으로, 미국
역사에서 중요한 정치적 인물 중 한 명으로 평가받고 있다.

행동에는 위험의 그림자가 따라오지만,
멈춤은 더 깊은 어둠을 품고 있습니다.
작은 대가로 앞으로 나아갈 수 있으나,
나태의 대가는 끝없는 후회로 이어질 뿐입니다.

게으름

게으름에 대한 보복에는 두 가지가 있다.

하나는 자신의 실패요,

하나는 네가 하지 않은 일을 한, 옆 사람의 성공이다.

불안할수록 연필을 잡아라. 노력이 지겨워지는 순간에도.

쥘 르나르

쥘 르나르(Jules Renard, 1864-1910)는 프랑스의 소설가이자 극작가로, 20세기 초 프랑스 문학의 중요한 인물 중 하나로 평가받고 있다.

게으름은 당신의 길을 막고,
옆 사람의 성공이 더 빛날 뿐입니다.
불안할수록 연필을 잡으세요.
지친 순간에도, 노력은 반드시 당신을 빛낼 겁니다.

시간

오늘 하루를 헛되이 보냈다면 그것은 커다란 손실이다.

하루를 유익하게 보낸 사람은 하루의 보물을 퍼낸 것이다.

하루를 헛되이 보냄은 내 몸을 헛되이

소모하고 있는 것을 기억해야 한다.

앙리 프레데리크 아미엘

앙리 프레데리크 아미엘 (Henri-Frédéric Amiel, 1821-1881)은 스위스의 철학자이자
시인, 그리고 작가로, 주로 자기 성찰과 인간 존재에 대한 깊은 사유로 알려져 있다.

오늘 하루를 헛되이 보낸다면,
그것은 삶의 소중한 보물을 잃은 것과 같습니다.
하루를 유익하게 보내는 사람은,
시간의 선물을 가슴에 품고 살아갑니다.

시간

일하는 시간과 노는 시간을 뚜렷이 구분하라.

시간의 중요성을 이해하고 매 순간을 즐겁게 보내고

유용하게 활용하라.

그러면 젊은 날은 유쾌함으로 가득 찰 것이고

늙어서도 후회할 일이 적어질 것이며

비록 가난할 때라도 인생을 아름답게 살아갈 수 있다.

루이사 메이 올콧

루이사 메이 올콧(Louisa May Alcott, 1832-1888)은 미국의 소설가이자 작가로, 주로
어린이 및 청소년 문학에서 활동했다.

일하는 시간과 노는 시간을 명확히 나누어,
시간의 소중함을 깨닫고 매 순간을 채워가세요.
젊은 날은 기쁨으로 가득하고,
늙어서도 후회 없는 삶을 살아갈 수 있습니다.

과거의 무거운 짐을 내려놓고,

자신을 온전히 안아주는 법을 배워보세요.

실수는 끝이 아니라 새로운 길을 여는 열쇠입니다.

지금의 당신도 충분히 소중하며, 행복은 이미 당신 곁에 있습니다.

우리가
행복해지기 위해
버려야 할 것들

7

자신의 마음을
괴롭히기

자신의 마음을 괴롭히기

우리가 행복해지기 위해 버려야 할 것 중 하나는 바로 "자신의 마음을 괴롭히기"입니다. 인간은 때때로 내면에 자리 잡은 비판적인 목소리에 휘둘려 스스로를 부정하고 자책하는 태도를 지속하게 되는데, 이러한 비판은 겉으로는 책임감이나 성찰처럼 보일 수 있습니다.

하지만 사실은 우리 마음에 깊은 상처를 남기고, 자신에 대한 신뢰와 존중을 약화시키며 행복을 방해하는 요인이 됩니다. 우리는 완벽하지 않은 존재로서, 때로는 실수하거나 좌절을 겪기 마련입니다. 중요한 것은 실수를 마주할 때 스스로에게 가혹한 시선을 보내기보다는 온화하고 이해하는 마음으로 자신을 바라보는 것입니다.

먼저, 자신의 마음을 괴롭히는 습관은 자아 존중을 약화시킵니다. 자꾸만 자신을 책망하고 부족한 부분에 집착하다 보면, 점차 자신에 대한 믿음과 신뢰를 잃게 됩니다. 이러한 자기비판은 자기 자신을 있는 그대로 받아들이지 못하게 하고, 자존감을 훼손하여 긍정적인 삶의 에너지를 앗아가 버리고 맙니다.

사람은 누구나 실수할 수 있고 완벽할 수 없다는 사실을 받아들이지 못할 때, 우리는 불필요한 고통 속에서 삶의 소중한 순간들을 놓치게 됩니다. 자신을 비난하기보다는 이해하고, 그 실수를 발전의 밑거름으로 삼는 태도가 필요합니다.

또한, 과거의 잘못이나 실수에 집착하는 습관은 현재의 삶을 방해합니다. 우리가 행복하게 살아가려면 현재의 순간을 충분히 즐기고 집중할 수 있어야 합니다. 그러나 과거에 대한 후회와 집착은 현재를 온전히 누리지 못하게 하고, 결국 삶의 질을 저하합니다.

현재를 살아가며 새로운 기회를 찾는 대신, 과거의 아픔과 실수에 얽매여 있는 마음은 앞으로 나아가는 데 걸림돌이 될 뿐입니다. 자신을 괴롭히지 않겠다는 마음가짐은 곧 과거의 짐을 내려놓고 현재와 미래로 나아가는데 도움이 될 것입니다.

결국, 행복은 내면의 평화를 유지하고 스스로를 있는 그대로 받아들이는 데서 비롯됩니다. 자신의 마음을 괴롭히는 것은 단순히 자기비판에서 끝나지 않고, 삶의 여러 측면에 부정적인 영향을 미치는 일입니다.

행복을 위해 우리는 스스로에게 관대해지고, 부족함을 인정하며, 긍정적인 태도로 더 나아질 기회를 찾아야 합니다. 불필요한 자책과 후회를 내려놓고 자신을 자애롭게 대할 때, 마음은 자유로워지고 행복에 가까워질 수 있습니다. 자신을 괴롭히기보다는 이해하고 이를 성장의 기회로 삼는 태도가 행복을 여는 열쇠입니다.

조급함

조급함 없이 세상을 바라보라.

모든 것이 자리를 찾아가는 데는 시간이 필요하니,

너의 인내가 결국 아름다운 결실을 맺게 될 것이다.

채근담

채근담(菜根譚)은 명나라의 문인이자 철학자인 홍자성 洪自誠, 1572-1620 이 지은 책으로, 동양의 고전 중 하나로 꼽힌다.

조급함을 내려놓고 세상을 바라보세요,
모든 것은 시간이 지나며 제자리를 찾습니다.
인내의 씨앗이 자라 결국 아름다운 결실을 맺고,
그 기다림 속에서 진정한 평온을 찾을 것입니다.

조급함

조급하게 굴지 말라.

행운이나 명성도 일순간에 생기고 일순간에 가라진다.

그대 앞에 놓인 장애물을 달게 받아라.

싸워 이겨 나가는 데서 기쁨을 느껴라.

앙드레 모루아

앙드레 모루아 (André Maurois, 1885 – 1967)는 프랑스의 소설가이자 평론가, 전기 작가로, 문학과 역사에 대한 깊은 통찰을 가진 인물이다.

미래를 미리 헤아리려 하지 마세요,
삶은 예측할 수 없는 모험으로 가득합니다.
인생은 누구도 알 수 없기에 그 여정은 더욱 소중하고,
미지의 길에서만 진정한 기쁨을 만날 수 있습니다.

열등감

어떤 분야에서나 노력하지 않으면 불가능하다.

노력하지 않고 가치 있는 어떤 목표를

달성할 수 있는 사람들은 한 사람도 없다.

열등감을 갖고 있는 많은 사람들이 이 부분을 오해하고 있다.

미우라 히로유키

미우라 히로유키 (三浦 弘行)는 일본의 철학자이자 작가로, 주로 자기계발과 인간관계에 대한 깊은 통찰을 제시한 인물이다.

어떤 길도 노력 없이는 열리지 않으며,
가치 있는 목표는 결코 손에 쥐어지지 않습니다.
열등감에 갇힌 이들이 종종 이 사실을 잊지 만,
진정한 성취는 끊임없는 노력에서만 찾아옵니다.

집착

내 것이라고 집착하는 마음이
갖가지 괴로움을 일으키는 근본이 된다.
온갖 것에 대하여 취하여는 생각을 내지 않으면
훗날 마음이 편안하여 마침내 버릴 근심이 없어진다.

화엄경

화엄경(華嚴經)은 대승불교의 경전 중 하나로, 아함경과 함께 불교의 근본적인 가르침을
담고 있는 중요한 경전이다.

내 것이라 여기는 집착이
괴로움의 뿌리가 되어 마음을 힘들게 합니다.
모든 것에 집착하지 않으면 마음은 자유로워지고,
근심 없이 평안한 삶을 살아갈 수 있습니다.

집착

돈에 집착하는 자는 비난을 받게 되어 있다.

권력에 집착하는 자는 스스로 망하게 되어 있다.

무위도식하는 자는 방황하게 되어 있다.

안락한 생활에 익숙해져 있는 자는 고생을 하게 되어 있다.

이 얼마나 힘든 세상인가.

장자

장자 (莊子)는 고대 중국의 철학자이자 도가 사상의 중요한 인물로, 그의 이름을 딴
『장자』라는 저서를 남겼다.

집착은 당신의 마음을 얽매고 삶을 어지럽힙니다.

진정한 평화는 자유로움 속에서 피어나는 법이죠.

욕망에 휘둘리지 않고 지금 이 순간을 살아보세요.

그것이 고통 없는 길로 당신을 이끄는 삶의 지혜입니다.

콤플렉스

사람은 자신의 콤플렉스를 없애려고 애쓰지 말고

그것들과 조화를 이루도록 노력해야 한다.

그럼으로써 그것은 정당한 방법으로

너의 행위를 세계로 이끌어주게 된다.

지그문트 프로이트

지그문트 프로이트 (Sigmund Freud, 1856 – 1939)는 오스트리아의 신경과학자이자 심리학자로, 정신분석학의 창시자로 알려져 있다.

자신의 콤플렉스를 없애려 애쓰지 말고,
그것과 조화를 이루는 길을 찾아야 합니다.
그러면 콤플렉스는 더 이상 장애물이 아니라,
자신의 삶을 세상과 이어주는 다리가 될 것입니다.

다른 사람과 비교하며 숨이 막히지 않도록,

당신의 길을 걸으며 스스로를 존중하세요.

경쟁의 굴레에서 벗어나, 지금 가진 것에 감사하며,

자신만의 속도로 행복을 향해 나아가세요.

우리가
행복해지기 위해
버려야 할 것들

불필요한 경쟁과
비교

불필요한 경쟁과 비교

　행복해지기 위해 우리가 버려야 할 감정 중 하나는 "불필요한 경쟁과 비교"입니다. 현대 사회는 성과와 경쟁을 강조하며 끊임없이 다른 사람들과 자신을 비교하도록 만듭니다. 이러한 비교와 경쟁은 때로는 발전의 원동력이 되기도 하지만, 대부분 우리를 불안과 불만족 속에 가두는 요인이 되기도 합니다. 자신의 삶을 더 나은 방향으로 이끌기 위해서, 우리는 불필요한 경쟁과 비교의 생각에서 벗어나야 합니다.

　먼저, 불필요한 경쟁과 비교는 자아 존중을 저하시킵니다. 남들과 비교하면서 스스로가 부족하다고 느낄 때, 우리는 내면의 자부심과 자신감을 잃게 됩니다. 한 개인의 가치는 다른 사람의 성취에 의해 결정되지 않지만, 비교하는 생각은 우리로 하여금 자신의 가치를 왜곡하여 평가하게 만듭니다.

　그 결과, 자신에 대한 존중감은 낮아지고, 삶에 대한 만족감마저 떨어지게 됩니다. 자아 존중을 지키기 위해서는 다른 사람과의 비교 대신 자신의 목표와 가치에 집중하는 것이 중요합니다.

또한, 비교와 경쟁은 지속적인 불안감을 초래합니다. 남들이 어떻게 사는지에 대한 지나친 관심은 우리의 마음을 불안하게 만들고, 스스로에게 끊임없는 압박감을 주게 됩니다. 더 나아가, 이러한 압박은 진정한 행복의 가치를 느낄 수 없게 만들기도 합니다.

주변 사람들의 성과와 나의 성과를 비교하기 시작하면서 끊임없이 더 나은 성과를 추구하게 되고, 만족감과 행복을 느끼기 어려운 악순환에 빠지게 합니다.

불필요한 경쟁은 인간관계에도 부정적인 영향을 미칩니다. 경쟁심이 강해질수록 우리는 주변 사람들과의 관계를 신뢰보다는 질투와 경계의 대상으로 보게 합니다. 그러나 우리는 모두 각자의 방식으로 다르게 살아가고 있으며, 각자의 방식으로 자신의 길을 가고 있다는 사실을 받아들이는 것은 건강한 관계의 기초가 된다는 사실을 알아야 합니다.

행복은 내면의 평화와 만족감에서 비롯됩니다. 불필요한 경쟁과 비교는 우리를 끊임없이 외부로 눈을 돌리게 하며, 현재 자신이 가진 것의 가치를 제대로 느끼지 못하게 만듭니다.

행복해지기 위해서는 타인이 아닌 나 자신의 가치를 인정하고, 나만의 삶의 방식을 찾는 데 집중할 필요가 있습니다. 자신을 있는 그대로 받아들이고, 다른 사람과의 비교가 아닌 자신의 목표에 충실할 때 우리는 진정으로 행복에 가까워질 수 있습니다.

따라서, 불필요한 경쟁과 비교를 내려놓고 다른 사람의 성공이나 성취에 얽매이지 않고, 스스로에게 만족하는 법을 배운다면, 우리의 삶은 더 풍요로워질 것입니다.

경쟁

언제나 남과 경쟁하는 마음은,
자칫하면 습관성이 되어 본래 경쟁은
전혀 필요 없는 분야에까지 쉽게 파고들어간다.

버트런드 러셀

버트런드 러셀 (Bertrand Russell, 1872-1970)은 영국의 철학자, 논리학자, 수학자, 사회 비평가로, 20세기 서구 철학에 지대한 영향을 미친 인물.

남과의 경쟁에 끊임없이 매달리면,
그 마음은 습관이 되어 필요 없는 곳까지 침투합니다.
경쟁이 아닌 협력 속에서 진정한 성장이 이루어지고,
자신의 길을 걸을 때 비로소 내면의 평화가 찾아옵니다.

비교

탁월한 인물의 특성 중 하나는
결코 자신을 다른 사람과 비교하지 않는다는 것이다.
그들은 자신을 자기 자신, 즉 자신이 과거에 이룬
성취와 미래의 가능성하고만 비교한다.

브라이언 트레이시

브라이언 트레이시 (Brian Tracy)는 캐나다 출신의 작가, 연설가로, 주로 목표 설정, 시간 관리, 자기 개선 등의 주제를 다룬 책과 강연으로 잘 알려져 있다.

탁월한 인물은 다른 사람과 자신을 비교하지 않습니다.

오직 과거의 자신과 미래의 가능성만을 기준으로 살아갑니다.

자신을 믿고 비교에서 벗어나야 진정한 성취가 이루어집니다.

당신도 그 길을 걸을 수 있습니다. 자신의 길을 믿고 걸어가세요.

비교

우리들은 자기 것을 남의 것과
비교하는 데 즐거움을 느낀다.
남이 보다 많이 행복하다는 것 갖고, 괴로워할 것 같으면
사람은 결코 행복할 수 없다.

세네카

세네카 (Lucius Annaeus Seneca, 기원 4년경 – 65년)는 고대 로마의 철학자, 정치가,
작가로, 특히 스토아 철학의 주요 사상가 중 하나로 잘 알려져 있다.

우리는 종종 자신을 남과 비교하며 기쁨을 찾지만,
남의 행복에 괴로워한다면 진정한 행복은 올 수 없습니다.
타인의 삶에 얽매이지 말고, 자신의 길에서
온전한 기쁨을 찾는 것이 진정한 행복입니다.

비교

우리를 망치는 것은 다른 사람들의 눈이다.

만약 나를 제외한 다른 사람이 모두 장님이라면,

나는 굳이 고래 등과 같은 번쩍이는

가구도 원할 필요가 없을 것이다.

벤저민 프랭클린

벤저민 프랭클린(Benjamin Franklin, 1706 - 1790년)은 미국의 정치가, 과학자, 발명가, 작가이자 외교관으로, 미국 독립전쟁과 건국 과정에서 중요한 역할을 한 인물이다.

우리를 괴롭게 하는 건
타인의 시선에 얽매이는 마음입니다.
내가 아닌 모두가 보지 못한다면,
굳이 화려함에 집착할 이유도 없습니다.

비교

자기와 다른 사람을 비교하며

누가 우위인지를 끊임없이 신경 쓰는 사람은

여유 있는 기분으로 살 수 없다.

평온한 생활을 할 수가 없는 것이다.

요제프 킬슈너

요제프 킬슈너 (Josef Kylsner, 1902 - 1970)는 체코슬로바키아 출신의 철학자이자 심리학자로, 현상학과 심리학 분야에서 중요한 기여를 한 인물이다.

다른 이와 자신을 비교하며 우위를 따지면,
마음은 언제나 불안하고 여유를 잃습니다.
평온한 삶은 비교에서 자유로울 때 찾아오며,
자신을 온전히 받아들일 때 비로소 평화는 찾아옵니다.

비교

매일 조금씩 자라는 것으로 만족하라.

성장이 아주 느린 종류의 일이라면,

너무 자주 확인하지 마라. 2주마다,

아니면 6개월마다, 형편에 맞는 대로 비교하라.

루이스 F. 프레스날

루이스 F. 프레스날 (Louis F. Presnal)은 주로 자기계발과 심리학적 성장에 관한 글을 쓴
작가이자 강연자로 알려져 있다.

성장은 하루아침에 이루어지지 않습니다.

조급함을 버리고, 천천히 자라는 자신을 인정해야 합니다.

자주 비교하기보다, 일정한 주기로 자신의 변화를 돌아보며,

자기 속도에 맞춰 꾸준히 나아가면 결국 큰 성과를 이루게 됩니다.

불평과 불만은 마음의 그림자를 깊게 하여,
우리가 가진 감사와 만족의 빛을 보지 못하게 합니다.
만족과 감사하는 마음이야말로, 앞으로 점점 나아질
삶의 어두운 구름을 걷어내는 햇살과 같습니다.

우리가
행복해지기 위해
버려야 할 것들

9

불평과 불만

불평과 불만

우리가 행복해지기 위해 버려야 할 것 중 하나는 "불평과 불만"입니다. 불평과 불만은 우리 삶에서 부정적인 영향을 미치는 요소로, 정신적, 감정적 건강에 큰 해를 끼칠 수 있습니다. 불평과 불만은 일시적인 감정일 수 있지만, 이를 계속해서 품고 있으면 부정적인 사고의 패턴이 되고, 삶에서 긍정적인 변화를 위한 동기 부여가 부족해지게 됩니다.

불평과 불만의 심리적 뿌리는 주로 외부 상황이나 사람에 대한 부정적인 반응에서 비롯됩니다. 우리가 예상한 대로 일이 풀리지 않거나 다른 사람들이 우리의 기대에 미치지 않을 때, 그에 대해 불만을 표현하게 되는데, 이러한 감정은 자연스러운 반응일 수 있지만, 이를 지속적으로 품고 있다면 부정적인 사고방식이 습관화될 수 있다는 것입니다.

불평이 습관화되면, 우리는 자신이 처한 환경에서 불만족스러운 부분을 더욱 부각시키게 됩니다. 이로 인해 삶에서 긍정적인 측면을 보기보다는 문제에만 집중하게 되며, 그로 인해 불행과 좌절감을 경험하게 됩니다.

불평과 불만이 계속되면, 이는 우리가 가진 것에 대한 감사하는 마음을 빼앗고, 내면의 평화를 잃게 만듭니다. 우리는 점점 더 불만족스러운 부분을 찾게 되며, 그로 인해 자신이 가진 것에 대한 감사함을 느끼지 못하게 됩니다.

또한, 불평과 불만은 스트레스와 불안을 키우는 주범입니다. 지속적으로 불만을 품고 있으면 상황에 대한 불안감이 커지고, 그로 인해 우리는 더 큰 불행에 빠지게 됩니다. 불만에 집중할수록 문제 해결의 의지가 약해지고, 자신감을 잃게 됩니다. 결국, 이는 불행의 악순환을 반복하게 만들며, 스스로의 삶을 더 힘들게 할 뿐입니다.

불평과 불만을 버리기 위해서는 감사하는 마음을 키워야 합니다. 감사는 우리가 가진 것에 대한 긍정적인 인식을 통해, 삶에서 소소한 행복을 찾아낼 수 있게 합니다. 불평과 불만을 버리면 감사의 마음을 느낄 수 있게 되며, 이는 더 큰 행복을 가져오는 중요한 요소입니다.

또한, 불만을 품고 있는 대신 상황을 개선하려는 노력을 기울이는 것이 중요합니다. 불평을 멈추고, 해결책을 찾으려는 태도를 가질 때 우리는 더 나은 삶을 위한 실질적인 변화를 만들어갈 수 있습니다.

불평과 불만은 우리의 행복을 방해하는 주요한 요소입니다. 불평을 버리고 감사하는 마음을 가지며, 문제 해결을 위한 적극적인 태도를 갖는 것이 진정한 행복을 찾는 방법입니다.

불만에 집중하는 대신 삶의 좋은 점을 찾고 소중한 순간을 음미할 때, 우리는 보다 행복하고 만족스러운 삶을 누릴 수 있을 것입니다.

불만

많은 것을 탐내는 자는
항상 많은 불만을 갖는다.
신이 베푸는 아주 적은 것으로써
충분히 만족하는 자는 행복하다.

호라티우스

호라티우스(Horatius, 기원전 65년 ~ 기원전 8년)는 고대 로마의 시인으로, 그의 작품은
주로 윤리적 교훈과 인생에 대한 성찰을 담고 있다.

많은 것을 추구하는 자는 끊임없이 불만을 품고,
욕망은 끝없이 마음을 채우지 못합니다.
그러나 적은 것에 만족하는 자는
그 속에서 진정한 기쁨과 행복을 느낄 수 있습니다.

불평

마음에 들지 않는 것이 있을 때

불평만 하는 것 이상을 하는 것이 중요하다는 것을 압니다.

당신은 그것에 대해 뭔가를 시도해야 합니다.

그렇지 않으면 당신은 우는 소리에 불과합니다.

장 페리스

장 페리스 (Jean Perrin, 1870 - 1942)는 프랑스의 물리학자로, 분자 구조와 원자론에
관한 연구로 1926년에 노벨 물리학상을 수상했다.

불평만으로는 아무것도 변하지 않습니다.

마음에 들지 않는 일이 있으면, 스스로 변화해야 합니다.

그것을 바꾸려는 시도가 없다면,

그저 고통을 반복하는 것일 뿐입니다.

불평

참으로 참을성 있는 사람은 자신이 처한 처지에 대해
불평하지 않고 남에게 동정받기를 원하지도 않습니다.
원망하거나 불평하거나 과장하지 않고 자연스럽고
진실하며 진실한 방식으로 자신의 고통을 이야기합니다.

성 프란시스 드 세일즈

성 프란시스 드 세일즈 (Saint Francis de Sales, 1567 ~ 1622)는 가톨릭교회의 성인으로,
신앙의 깊은 영성을 지닌 종교 지도자이자 신학자이다.

참을성 있는 사람은 고통 속에서도
불평하지 않으며, 남의 동정을 구하지 않습니다.
원망이나 과장이 아닌, 진실한 마음으로 자신의 고통을
이야기하며, 자연스럽고 진정성 있게 자신을 표현합니다.

불만

인간의 행복의 원리는 간단하다.

불만에 자기가 속지 않으면 된다.

어떤 불만으로 해서 자기를 학대하지만

않는다면 인생은 즐거운 것이다.

버트런드 러셀

버트런드 러셀 (Bertrand Arthur William Russell, 1872 - 1970)은 영국의 철학자, 수학자,
역사학자로, 20세기 철학과 논리학에 큰 영향을 미친 인물이다.

행복은 단순합니다.
불만에 자신을 속이지 않으면,
그 어떤 불만도 나를 괴롭히지 못합니다.
자기 학대 없이 살아간다면, 인생은 자연스레 즐거운 것입니다.

불평

세상이 자기를 행복하게 해주지 않는다고
불평하는 것은 이기적인 병이다.
이러한 사람은 행복을 소비할 것만 생각하고
행복을 생산할 것은 생각하지 않고 있다.

조지 버나드 쇼

조지 버나드 쇼 (George Bernard Shaw, 1856-1950)는 아일랜드 출신의 극작가,
비평가로 20세기 초반 영국 문학에서 중요한 인물이다.

세상이 나를 행복하게 하지 않는다고 불평하는 것은,

자기중심적인 병에 걸린 마음입니다.

행복을 누리기만 바라는 이들은,

행복을 만들어가는 마음을 잊고 살아갑니다.

불평

괴로워도 불평하지 말라.

사소한 불행은 눈감아 버리자.

어떤 의미에서는 인생의 큰 불행까지도

감수하고 목적만을 향해 똑바로 전진하자.

빈센트 반 고흐

빈센트 반 고흐 (Vincent van Gogh, 1853 - 1890)는 네덜란드 출신의 세계적인 화가로, 후기에 인상파 및 후기 인상파 화풍의 중요한 인물로 인정받고 있다.

_월 _일

괴로움 속에서도 불평하지 않으면,
작은 고통도 지나칠 수 있습니다.
어떤 큰 어려움도 목표를 향한 열정 앞에서는
더 이상 장애가 되지 않습니다.

53

고정관념과 고집은 마음의 족쇄가 되어,

사유의 자유를 제한하고 진리를 찾는 길을 막습니다.

변화와 불확실성을 받아들이는 열린 마음에서,

우리는 진정한 지혜와 성장을 발견할 수 있을 것입니다.

우리가
행복해지기 위해
버려야 할 것들

10

고정관념과 고집

고정관념과 고집

우리가 행복해지기 위해 버려야 할 것 중 하나는 "고정관념과 고집"입니다. 고정관념은 우리가 사물이나 사람을 특정 방식으로 고정된 틀로 이해하려는 사고 패턴을 의미하며, 이러한 고정된 사고는 과거의 경험이나 사회적 배경에 의해 형성됩니다.

고집은 이러한 고정된 사고방식에서 비롯된 강한 저항으로, 자신이 가진 믿음을 고수하려는 심리 상태를 말합니다. 이러한 고정관념과 고집은 우리의 사고와 행동의 범위를 제한하여, 삶의 유연성과 성장 가능성을 제약하는 주요 요인이 됩니다.

고정관념은 종종 불확실성에 대한 두려움에서 비롯됩니다. 사람들은 불확실한 상황에 직면했을 때, 자신을 보호하려는 본능에 의해 익숙하고 안전한 방식으로 세상을 이해하려하기 때문에, 이러한 고정된 사고방식은 새로운 가능성이나 기회를 받아들이는 데 방해의 요소가 될 뿐입니다.

또한, 고집은 자신의 신념이나 생각을 고수하려는 심리적 상태를 말하는데, 고집이 강하면 변화하는 상황이나 새로운 정보에 대해 유연하게 반응하지 못하며, 그로 인해 더욱 제한적인 사고방식을 가지게 됩니다.

고집은 종종 자아를 방어하려는 기제로 작용하기 때문에, 자신이 틀렸다는 사실을 인정하는 것에 대해 불편함을 느끼게 만듭니다. 이로 인해 새로운 아이디어나 사람들과의 교류에서 벗어나게 되고, 인지적 왜곡에 빠지게 될 수 있습니다.

이러한 고정관념과 고집은 우리의 삶에 여러 가지 부정적인 영향을 미칩니다. 첫째, 고정관념을 가지면 세상을 다양한 관점에서 바라보기 어려워지고, 타인과의 갈등을 일으킬 수 있습니다.

둘째, 고집은 우리가 유연한 사고를 하지 못하게 만들어, 관계에서 마찰을 일으킬 수 있습니다. 고집을 부리면 타인의 의견을 경청하기 어려워지며, 사회적 상호작용에서 더 큰 어려움을 겪게 됩니다. 이러한 심리적 장벽은 우리가 행복을 추구하는 데 큰 장애가 됨은 분명합니다.

행복을 찾기 위해서는 고정관념과 고집을 버리고, 심리적 유연성을 기르는 것이 중요합니다. 이를 위해서는 자신이 가지고 있는 믿음이나 신념에 대해 비판적으로 성찰하고, 변화에 대한 열린 마음을 가져야 합니다.

변화를 수용하는 태도는 자기 성장을 촉진하며, 새로운 경험과 기회를 받아들이는 데 큰 도움이 됩니다. 또한, 고정관념을 버리고 다양성을 인정하는 태도를 가지면, 우리는 더 풍요롭고 행복한 삶을 살아갈 수 있게 됩니다.

우리가 행복해지기 위해서는 이러한 제한적인 사고방식을 버리고, 열린 마음과 유연한 사고를 기르는 것이 필요합니다. 새로운 경험과 변화에 긍정적으로 반응하고, 타인의 의견을 수용할 때, 우리는 더 큰 성장과 행복을 경험할 수 있습니다.

고정관념

고정관념에 매달려 있다 보면, 그것이 옳다는 사실을
증명할 기회를 자꾸만 스스로 만들어 내게 된다.
그러나 일단 한번만 그 고정관념에서 벗어나게 되면,
계속해서 같은 문제 때문에 같은 교훈을
배울 필요도 없고 인생 자체도 바뀔 것이다.

앤드류 매튜스

앤드류 매튜스 (Andrew Matthews)는 호주 출신의 작가이자 강연자로, 주로 자기계발과
긍정적인 사고에 관한 책을 집필한 것으로 알려져 있다.

고정된 틀에 갇힌 마음은
스스로 진실이라 착각을 빚어냅니다.
한 번만 그 경계를 넘는다면,
반복의 고리를 끊고 새 길을 열 수 있습니다.

고정관념

기회를 놓치느냐 잡느냐, 그리고 이것을
살려 내느냐는 것은 자신의 행동에 따라 결정됩니다.
그러기 위해서는 불가능하다는 고정관념이나
기성관념을 버리고 어떤 경우라도
머리를 유연한 상태로 만들어야 합니다.

니시다 미치히로

니시다 미치히로 (Nishida Michihiro, 1870 – 1945)는 일본의 철학자로, 일본 근대 철학의
중요한 인물 중 하나이다.

기회는 손끝에 달려 있고,

잡을 힘은 마음의 유연함에서 솟아납니다.

불가능의 벽을 허물고 고정된 틀을 벗어난다면,

새로운 가능성이 당신 앞에 꽃피울 것입니다.

고집

자기 생각에 흥분해서 고집을 부릴 때에

그 사람이 얼마만큼 어리석은지가 드러난다.

미셸 드 몽테뉴

미셸 드 몽테뉴 (Michel de Montaigne, 1533 – 1592)는 프랑스의 철학자이자
에세이스트로, 근대 철학의 선구자로 널리 알려져 있다.

자기 생각에 흥분하여 고집을 부릴 때,
그 순간 어리석음이 드러나고 맙니다.
고집은 마음의 문을 닫을 뿐이며,
겸손함과 열린 마음이 진정한 지혜를 낳습니다.

관념

하나의 관념을 계속 마음에 지니기 위해

그대가 말하는 것은 옳고 그 이외의 것은

다 그르다고 고집하지 말라.

소포클레스

소포클레스 (Sophocles, 기원전 497/6 - 406/5)는 고대 그리스의 극작가이자 비극
시인으로, 아테네 비극 문학의 황금기를 이끈 대표적 인물이다.

하나의 진리만을 고집하며 세상을 좁게 보지 말고
다른 생각을 열어두며 마음을 넓히십시오.
그대의 길이 옳다면, 다른 길도 나름의 가치를 지닙니다.
세상은 고집보다는 이해와 넉넉함에서 더 빛납니다.

고집

자기 생각만 옳다고 고집하는 사람은

다른 사람의 의견을 제대로 받아들일 수 없다.

어떤 일에 대하여 자기 생각을 주장하가 전에

다른 사람의 말을 들어보라.

우리는 어느 쪽이 옳은지를

비교하는 습관과 태도를 가져야 한다.

알랭

알랭 (Alain)은 본명은 에밀 오귀스트 샤르티에 Émile-Auguste Chartier, 1868 - 1951 로, 프랑스의 철학자이자 수필가이다.

자기 생각만이 옳다고 고집하지 말고,
먼저 다른 사람의 이야기를 귀 기울여 들어야 합니다.
그 속에 숨어있는 진실을 이해하려 노력할 때,
비로소 진정한 깨달음에 이를 수 있습니다.

고집

사람이 나아졌다고 하는 판단은 그 사람이
정신적으로 어느 정도 자유로운가에 달려 있습니다.
자신을 고집하지 않으면 않을수록
그 사람은 그 만큼 자유를 가지게 되는 것입니다.

레프 니콜라예비치 톨스토이

레프 니콜라예비치 톨스토이 (Lev Nikolayevich Tolstoy, 1828 - 1910)는 러시아의
위대한 작가이자 사상가로, 현실주의 문학의 거장으로 알려져 있다.

고집을 내려놓을 때, 마음은 가벼워지고,
자유로운 정신이 세상을 더욱 넓게 만듭니다.
자신의 틀을 벗어나면,
비로소 진정한 자신을 만날 수 있습니다.

이기심과 개인주의는 자아의 벽을 높여,
우리를 인간 존재의 본질인 상호 의존에서 밀어지게 합니다.
진정한 행복은 '타인' 속에서 '자기'를 발견하는 데 있으며,
공동체 속에서 우리는 진정한 자유와 존중을 배울 수 있습니다.

우리가
행복해지기 위해
버려야 할 것들

11

이기심과
개인주의

이기심과 개인주의

　행복해지기 위해 우리가 버려야 할 중요한 감정 중 하나는 "이기심과 개인주의"입니다. 현대 사회는 개인의 권리와 자유를 중시하며, 종종 개인주의적 사고방식이 강조되는 사회입니다. 물론 자기 자신을 돌보고 독립적인 삶을 살아가는 것은 중요하지만, 지나치게 이기적이고 개인주의적인 태도는 결국 사람들 간의 관계를 단절시키고, 내면적인 공허함과 외로움을 초래할 뿐입니다.

　이기심과 개인주의는 인간관계의 질을 저하시킵니다. 인간은 사회적 존재로, 타인과의 관계 속에서 감정을 나누고 성장합니다. 이기적인 태도나 지나친 개인주의는 타인을 이해하고 배려하는 능력을 약화시켜, 결국 관계에서 갈등을 일으킬 수 있습니다. 친구나 가족, 동료와의 소통에서 상대방의 감정을 고려하지 않고 자신의 이익만을 추구하면, 관계가 깊어질 수 없고, 결국 고립감을 가져오게 됩니다.

　또한, 이기심과 개인주의는 사회적 책임감을 약화시킵니다. 사회는 상호 협력과 배려를 바탕으로 이루어집니다.

개인주의적 사고는 자신만의 이익을 추구하게 만들고, 공동체의 일원으로서 다른 사람들과 함께 나누고 돕는 가치에 대한 인식을 약화시킵니다.

사회에서 나만을 위한 행동은 타인에게 피해를 줄 수 있으며, 결국 모두가 고립되고 불행해지는 결과를 초래할 수 있습니다.

이기심과 개인주의는 또한 자기 성찰과 성장의 장애가 될 수 있습니다. 지나치게 자신만의 세계에 갇혀 있으면, 우리는 내면을 돌아보거나 타인의 피드백을 수용할 기회를 놓칠 수 있습니다.

자신의 이익을 우선시하면서 타인의 의견을 무시하거나, 다른 사람들의 경험을 받아들이지 않으면, 우리는 개인적으로 성장할 수 없습니다. 진정한 성장은 자신을 돌아보고, 타인의 의견과 조언을 수용하는 데서 출발하는 것입니다.

마지막으로, 이기심과 개인주의는 행복을 방해하는 근본적인 요인입니다. 행복은 외부에서 오는 것이 아니라, 우리가 타인과의 관계 속에서 느끼는 사랑과 존중, 나눔에서 비롯됩니다. 자기를 지나치게 우선시하고 타인을 배려하지 않으면, 우리는 더 이상 공동체 속에서 함께 살아가는 기쁨을 누리지 못하게 됩니다.

진정한 행복은 나를 넘어서 타인과의 상호작용과 배려, 나눔 속에서 찾아지는 것이기 때문에, 자신만을 생각하는 태도는 결국 고립과 외로움을 초래하고, 진정한 행복을 느끼기 어렵게 만듭니다. 타인과 함께 나누고, 공동체 속에서 협력할 때, 우리는 더 풍요롭고 의미 있는 삶을 살 수 있습니다.

이기주의

우정은 영속적일 것 같은 감정을 주고,

연애는 영원할 것 같은 감정을 준다. 그러나

두 가지 모두 나중까지 남는 것은 이기주의뿐이다.

H. 레니에

H. 레니에 (Henri René)는 프랑스의 상징주의 시인이자 소설가로, 19세기 후반과
20세기 초반에 활동했다.

우정과 연애는 때로 영원할 것처럼 느껴지지만,
그 속에 숨어있는 이기적인 마음을 깨닫는 것이 중요합니다.
진정한 관계는 서로를 채우려는 마음에서 자라나며,
이기적인 감정에서 벗어날 때 그 가치를 발견할 수 있습니다.

이기주의

사람들은 자신에게 유리한 일이면 즉시 실천한다.

하지만 자신에게 도움이 안 되는 일에는

굼벵이보다 더 느리다.

이드리스 샤흐

이드리스 샤흐 (Idris Shah)는 20세기 중반의 유명한 아프가니스탄 출신의 작가이자
철학자로, 주로 수피즘과 그에 관련된 지혜로 알려진 인물이다.

자신에게 유리한 길엔 발걸음이 빠르지만,

불편한 일 앞에선 마치 굼벵이처럼 느려집니다.

그러나 성장이란 쉬운 길에 있지 않음을 알아야 하며,

어려운 길을 걸을 때 비로소 진정한 변화가 찾아옵니다.

개인주의

자기 자신만을 위하여 사는 사람은

별로 행복한 사람이 아니다.

왜냐하면 일반적으로 말해서 그는 절대로

만족한 사람이 되거나 멀리 갈 수 없기 때문이다.

조셉 콘라드

조셉 콘라드 (Joseph Conrad, 1857 – 1924)는 폴란드 태생의 영국 소설가이자
단편작가로, 19세기 말과 20세기 초에 걸쳐 활동한 문학 거장이다.

월   일

자기만을 위한 삶은 마음의 깊이를 채우지 못합니다.
혼자만의 길은 언제나 외롭고 불안합니다.
타인과 함께 나누고, 손을 맞잡을 때
비로소 함께 하는 삶의 의미가 채워지게 됩니다.

179

이기주의

우리가 변화시킬 수 있는 것,

그리고 변화시켜야만 하는 것은 우리들 자신이다.

곧 우리의 성급함, 이기주의, 쉽게 등을 돌리는 것,

사랑과 관용의 결여 등이다.

헤르만 헤세

헤르만 헤세 (Hermann Hesse, 1877 - 1962)는 독일 출신의 유명한 소설가이자 시인으로,
개인의 내적 성장, 인간 존재의 의미를 탐구하는 작품으로 잘 알려진 인물이다.

우리가 바꿀 수 있는 것은 오직 나 자신입니다.

자신을 바꾸지 않으면 세상은 변하지 않습니다.

이기심을 버린다고 해서 내가 약해지는 것은 아니며,

사랑과 관용을 실천함으로써 비로소 강해질 수 있습니다.

이기주의

이기주의란

내가 원하는 대로 사는 것이 아니라

타인에게 내가 원하는 방식으로

살라고 요구하는 것이다.

오스카 와일드

오스카 와일드 (Oscar Wilde, 1854 - 1900)는 아일랜드 출신의 극작가, 소설가, 시인, 그리고 비평가로, 독특한 재치와 위트를 지닌 작품들로 유명하다.

이기주의란 내가 원하는 대로 사는 것이 아닙니다.
타인의 삶을 내 방식으로 이끌려 하는 욕망입니다.
자기 길을 가는 것에 만족하지 않고,
남의 길까지 내 뜻대로 만들고자 하는 마음입니다.

이기주의

이 세상의 어느 것 한 가지라도 나와 무관한 것은 없다.

인류의 문제는 나의 일이며, 도덕의 문제도 나의 일이다.

진리와 자유와 인도와 정의의 문제를

추구하는 것도 나의 일이다.

순전히 자기 한 몸, 자기의 일만을 생각하는

이기주의자는 부끄러워하라.

아우구스티누스

아우구스티누스(Agustinus, 354 – 430)는 초기 기독교의 중요한 신학자이자 철학자로, 기독교 사상과 서양 철학에 큰 영향을 미친 인물이다.

세상의 모든 것은 나와 연결되어 있으며,
인류의 아픔과 도덕의 질문은 나의 몫입니다.
진리와 자유, 정의를 추구하는 마음이 세상을 밝히고,
오직 자신만을 위한 삶은 부끄러움을 남길 뿐입니다.

진정성은 자기 존재의 본질을 깨닫는 과정입니다.

타인의 시선에서 벗어나, 내면의 본성을 온전히 받아들일 때,

우리는 자아의 진리를 찾아내고, 그 진리 속에서

진정한 마음의 평온과 유대감을 발견하는 것입니다.

우리가
행복해지기 위해
버려야 할 것들

12

거짓으로
나를 포장

거짓으로 나를 포장

우리가 행복해지기 위해 버려야 할 것 중 하나는 바로 "거짓으로 나를 포장하는 것"입니다. 사회적 압력이나 타인의 기대에 맞추려는 욕구에 의해, 우리는 종종 자신의 진정한 모습을 숨기고 과장되거나 왜곡된 이미지를 내세우게 됩니다.

이러한 외적인 노력은 일시적으로 긍정적인 평가를 받을 수 있지만, 장기적으로 보면 내면의 불안과 갈등을 초래하게 됩니다. 외부의 기준이나 타인의 시선을 기준으로 자신의 가치를 측정하고, 그에 맞추어 자기 자신을 꾸미는 동안 진정한 자아와의 괴리가 생기고, 심리적인 불안만 키우게 됩니다.

거짓된 자아는 점차 본래의 자신을 잃게 만들고, 자아의 정체성을 혼란스럽게 합니다. 외부의 기준에 맞추어 자신을 만들어 가려는 과정에서 우리는 점점 누구인지에 대한 명확한 인식을 잃어버리고, 진정으로 원하는 것이나 중요하게 여기는 가치들이 점차 희미해집니다.

그 결과, 자신을 꾸미는 데 에너지와 시간을 지나치게 소모하게 되고, 이러한 에너지는 내적인 만족을 주지 못하며 외적인 성취나 타인의 인정을 추구하는 데만 집중됩니다. 결국, 우리는 더 이상 자신을 신뢰할 수 없게 되고, 내면에서 일어나는 불안과 갈등은 점차 커지기만 할 뿐입니다.

꾸며진 자아를 유지하기 위해서는 많은 에너지가 필요하며, 이는 결국 내면의 피로감과 감정적 고립을 불러옵니다. 외부의 평가에 의존하면 우리는 자기 자신을 그대로 받아들이지 못하고, 끊임없이 비교하고 경쟁하게 되어 자기 존중감은 저하될 수밖에 없습니다.

행복을 찾기 위해서는 자기 진정성을 받아들이는 것이 가장 중요합니다. 자신을 꾸미거나 과장하는 대신, 자신의 부족한 점과 약점을 인정하고 그것을 그대로 받아들이는 것이 행복의 첫걸음입니다.

자기 수용은 내면의 평화와 자기 존중을 회복할 수 있는 길이며, 자신의 진정한 모습을 받아들일 때 우리는 외부의 평가에 의존하지 않고 자기 자신을 사랑할 수 있습니다.

진정성은 인간관계에서 중요한 요소로, 타인과의 관계에서 진실하고 솔직한 모습을 보여줄 때 우리는 더 깊은 이해와 신뢰를 형성할 수 있으며, 의미 있고 깊이 있는 관계를 맺을 수 있습니다.

결국, 진정한 행복은 자기 진정성을 받아들이고 거짓된 자아를 버리는 데서 시작됩니다. 내면의 자기 수용은 평화와 안정감을 가져오며, 진정한 자아를 받아들일 때 우리는 다른 사람들과 깊은 유대감을 형성할 수 있습니다. 진정성은 자기 존중과 사랑을 회복하는 핵심 요소이며, 이를 통해 우리는 더 나은 삶을 살아가고, 진정한 행복을 경험할 수 있습니다.

거짓말

누군가가 거짓말을 하고 있다고 의심이 가면
믿는 체하는 것이 좋다. 그러면 그는 대담해져서
훨씬 심한 거짓말을 하여 정체를 폭로한다.

아르투어 쇼펜하우어

아르투어 쇼펜하우어 (Arthur Schopenhauer, 1788 – 1860)는 독일의 철학자로, 비관적 철학의 대표자로 불리며 현대 철학과 심리학, 문학에 큰 영향을 끼친 인물이다.

거짓말은 의심 속에서 자라지 않습니다.

믿음인 척하는 눈빛 속에 그 뿌리를 드러냅니다.

그가 진실을 감추려 할수록, 거짓은 더욱 커지고,

결국 스스로 자신의 얼굴을 드러내게 됩니다.

거짓말

사람이 정직하게 말하는 것은 무슨 이유인가?

신이 거짓말을 금지했기 때문이 아니다.

그것은 거짓말을 하지 않는 것이 마음이 편하기 때문이다.

프리드리히 니체

프리드리히 니체 (Friedrich Nietzsche, 1844 – 1900)는 독일의 철학자이자 문헌학자로, 서양 철학에 깊은 영향을 미친 인물이다.

정직은 부담스러운 덕목이 아닙니다.
오히려 거짓말이 더 무겁게 마음을 얽어맵니다.
진실은 남을 위한 것이 아니라,
스스로의 평안을 위해 선택하는 길입니다.

거짓말쟁이

거짓말쟁이에 대한 최대의 형벌은 그가 타인으로부터

신용을 받지 못한다는 점에 있는 것이 아니다.

그 자신이 아무도 믿을 수 없다는

비애를 느낀다는 점에 있다.

조지 버나드 쇼

조지 버나드 쇼 (George Bernard Shaw, 1856 - 1950)는 아일랜드 출신의 극작가, 소설가, 비평가로, 독창적이고 풍자적인 희곡을 통해 사회적 문제를 비판하며 명성을 얻었다.

거짓은 타인의 믿음을 앗아가는 칼이지만,
그 칼끝은 결국 자신을 겨누는 법입니다.
신뢰를 잃는 벌보다 더 큰 형벌은,
누구도 믿지 못해 고립된 마음의 슬픔입니다.

속임

남이 나를 속인다고 하지 말라.

사람은 늘 자기가 자신을 속이고 있는 것이다.

그대의 생각이 올바른 중심을 벗어나서

자기를 괴롭히고 있는 것이다.

요한 볼프강 폰 괴테

요한 볼프강 폰 괴테 (Johann Wolfgang von Goethe, 1749 – 1832)는 독일의 시인,
극작가, 소설가로, 독일 문학과 유럽 지성사에 깊은 영향을 끼친 인물이다.

누가 날 속였다 탓하지 마세요.
가장 깊은 속임은 스스로의 거짓말에서 비롯됩니다.
비뚤어진 생각이 마음의 평화를 흔들며,
결국 그 괴로움의 주인은 바로 나 자신입니다.

허위

우리들은 먼저 허위의 탈을 벗어 던지지 않으면 안 된다.

진실은 허위를 벗어 던지면 저절로 나타나게 되어 있다.

봄이 되어 겨울에 걸쳐 입던 의복을 하나하나 벗어 던지듯이

그대의 허위의 탈을 벗어 던져라.

진리를 이야기하는 자리에 장식은 필요치 않다.

가브리엘 마르셀

가브리엘 마르셀 (Gabriel Marcel, 1889 – 1973)은 프랑스의 철학자이자 드라마 작가로, 실존주의와 기독교 철학을 결합한 사상으로 잘 알려져 있다.

진실은 숨지 않습니다, 다만 허위가 가릴 뿐입니다.

겨울의 두꺼운 옷처럼 거짓은 편안해 보이나, 봄엔 무거울 뿐입니다.

스스로를 감싸는 탈을 벗어낼 때, 비로소 진실은 드러납니다.

진실은 꾸미지 않아도 가장 빛나는 모습이기 때문입니다.

거짓

완벽하게 거짓을 꾸며낼 수는 있지만,
끝까지 그것을 관철시킬 수는 없다.
거짓말은 무게가 없기 때문에
달아보면 꼼짝없이 들통 나게 되어 있다.

이드리스 샤흐

이드리스 샤흐 (Idries Shah, 1924 - 1996)는 아프가니스탄 출신의 작가이자 철학자로,
주로 수피즘 Sufism, 즉 이슬람 신비주의와 관련된 주제로 저술한 인물이다.

거짓은 완벽하게 꾸밀 수 있지만,
그 끝에는 언제나 진실이 드러나기 마련입니다.
거짓의 무게는 가벼워, 숨길 수 없고
결국 진실은 비추어져 드러나게 됩니다.

욕심은 끝없는 바람처럼 불어오고,

탐욕은 사라지지 않는 그림자처럼 쫓아옵니다.

그러나 지금 이 순간 내려놓음과 만족을 깨닫고,

그 안에서 자유를 찾는다면 당신은 충분한 행복을 누릴 수 있습니다.

우리가
행복해지기 위해
버려야 할 것들

13

욕심과 탐욕

욕심과 탐욕

우리가 행복해지기 위해 버려야 할 것 중 하나는 바로 "욕심과 탐욕"입니다. 욕심과 탐욕은 자연스러운 욕구에서 출발하지만, 이를 지나치게 추구하면 개인의 삶에 부정적인 영향을 미칠 수 있습니다. 욕심은 본능적으로 더 많은 것을 갖고자 하는 '욕망'에서 비롯됩니다.

인간은 생존을 위해 자원을 확보하려는 본능을 가지고 있으며, 이 욕구는 진화학적으로 중요한 역할을 했습니다. 그러나 현대 사회에서 이 본능은 과도하게 확대되어 욕심과 탐욕으로 변하였고, 그 욕심은 종종 자신이 실제로 필요한 것 이상을 추구하게 만들었다고 합니다.

탐욕은 욕심보다 더 극단적인 형태로 나타납니다. "모든 것을 원한다"는 욕망은 타인의 행복이나 복지에 대한 무관심으로 이어질 수 있습니다. 이러한 탐욕은 물질적인 것뿐만 아니라 명예, 권력, 인정 등 비물질적인 것에도 영향을 미칩니다.

탐욕은 우리가 다른 사람들과 끊임없이 비교하게 만들고, 항상 더 많은 것, 더 나은 것을 갈망하게 합니다. 하지만 이러한 욕망의 끝은 결코 만족을 주지 않으며, 오히려 불안과 스트레스를 유발할 수 있습니다.

심리학적으로 보면, 탐욕은 사람을 끊임없이 '결핍'의 상태로 몰아넣는 다고 합니다. 우리가 가진 것에 대한 만족보다는 '더 얻고자 하는 욕망'에 집중하게 되어, 결코 충족감을 느끼지 못하는 상태에 이른다는 것입니다.

그렇다면 욕심과 탐욕을 버리기 위해 우리는 어떻게 해야 할까요?

첫 번째는 우리가 이미 가진 것에 대해 감사하는 마음을 갖는 것입니다. 감사는 현재의 삶에 대한 만족을 느끼게 해주며, 끊임없이 더 많은 것을 갈망하는 마음을 억제할 수 있습니다. 또한, 자신이 가진 것에 대한 깊은 인식은 그것만으로도 충분히 만족스럽다는 깨달음을 가져옵니다.

두 번째는, 자신이 추구하는 목표와 가치관을 명확히 하고, 그것에 집중하는 것이 필요합니다. 욕심은 목표 없이 무분별하게 모든 것을 추구하게 만듭니다. 하지만 진정한 행복은 자신의 가치와 목표에 부합하는 삶을 살아갈 때 얻을 수 있는 것입니다. 욕심과 탐욕을 버리고, 자신의 내면의 평화와 만족을 찾아가는 길이야말로 진정한 행복으로 가는 길임을 깨달아야 합니다.

욕심과 탐욕은 일시적인 성취감과 외적인 만족을 줄 수 있지만, 진정한 행복을 가져다주지 않습니다. 우리가 행복을 추구하기 위해 버려야 할 가장 중요한 것은 바로 욕심과 탐욕입니다. 자신이 가진 것에 감사하고, 다른 사람들과의 진정한 관계를 소중히 여기며, 내면의 평화를 찾는 것이 진정한 행복을 향한 길임을 깨닫는 것이 중요합니다.

욕망

욕망이란 우리가 바라는 것이

손에 들어오는 것을 목적으로 하는 것으로써,

혐오란 우리가 싫어하는 것에 빠지지 않으려는 것이다.

욕망에 넘어가는 자는 불행하지만 보다 불행한 것은,

자기가 참을 수 없는 것에 빠지는 자임을 깨달으리라.

에픽테토스

에픽테토스 (Epictetus, 55 - 135년 경)는 고대 그리스의 스토아 철학자로, 그는 로마 제국 시대에 살았으며, 스토아학파의 중요한 사상가 중 한 사람이다.

욕망은 바람을 쫓듯 손에 닿지 않아 불행을 부르고,
혐오는 두려움 속에서 마음을 갇히게 합니다.
욕망에 휘둘리는 이는 고통을 겪지만,
혐오 속에 빠진 이는 더 깊은 불행을 마주하게 됩니다.

욕망

마음먹고 너희의 욕망을 억제하라.

그렇지 않으면 죄와 그 검은 심부름꾼인

죽음이 너희를 덮칠 것이다.

존 밀턴

존 밀턴 (John Milton, 1608 - 1674)은 영국의 시인, 작가, 정치 활동가로, 특히 서사시
『실낙원』으로 가장 잘 알려져 있다.

욕망을 억제하지 않으면,
그것은 인간 존재의 내적 균형을 깨뜨릴 것입니다.
자기 통제와 자아 성찰을 통해,
우리는 진정한 자유와 존재의 의미를 찾을 수 있습니다.

욕망

욕망에는 이득이 있고

또 욕망의 만족에도 이득이 있는 법이다.

왜냐하면 그럼으로써 욕망은 증가되는 것이기 때문이다.

앙드레 지드

앙드레 지드 (André Gide, 1869 – 1951)는 프랑스의 소설가이자 수필가로, 20세기 초 프랑스 문학의 중요한 인물 중 한 사람이다.

욕망은 처음엔 달콤한 이익을 안겨주는 듯합니다.
하지만 만족은 잠시일 뿐, 더 큰 갈망이 뒤따릅니다.
욕망은 스스로를 키우며 끊임없이 우리를 몰아세웁니다.
그 흐름 속에서, 진정 우리가 원하는 것은 무엇일까요?

욕심

진정한 의미에 있어 부자가 되고자 하면

가진 것이 많기를 힘쓸 것이 아니라 욕심을 줄이기에 힘쓰라.

사람이란 욕심을 억제하지 않으면

언제까지라도 부족과 불만을 면할 수 없다.

플루타르크

플루타르크 (Plutarch, 기원전 46 - 120년)는 고대 그리스의 철학자이자 역사학자, 그리고 윤리학자로, 주로 전기 biography 와 윤리학에 관한 글들로 잘 알려져 있다.

월   일

진정한 부는 외적인 것에 있지 않습니다.
가진 것을 늘리려 하기보다는 욕심을 줄여보세요.
욕망을 억제하지 않으면, 부족함과 불만에 시달릴 것입니다.
평화와 만족은 오직 내면의 비움에서 찾아옵니다.

213

탐욕

탐욕은 끝없이 떨어지는 구멍과 같아서

사람으로 하여금 자신의 필요를 만족시키기 위해

끝없이 노력하게하나, 결코 만족에 다다를 수 없다.

E. 프롬

E. 프롬 (Erich Fromm, 1900 – 1980)은 독일 출신의 사회 심리학자이자 정신분석학자로,
인간의 자유, 사랑, 소외, 그리고 현대 사회의 문제에 대한 심오한 통찰을 제공한
사상가이다.

탐욕은 끝없는 구멍과 같습니다.

무엇을 채워도 결코 만족에 이를 수 없습니다.

당신이 아무리 노력해도, 갈망은 끝없이 이어질 뿐입니다.

만족을 찾으려면, 그 구멍을 채우려 하지 마세요.

욕심

사람의 괴로움은 끝없는 욕심에 있다.

자기 분수에 만족할 줄 안다면

마음은 항상 즐겁다.

채근담

채근담 (菜根譚)은 홍자성 洪自誠, 1550 – 1591 이라는 중국 명나라 시대의 문인이 쓴 철학적, 도덕적 가르침을 담은 책이다.

괴로움은 끝없는 욕심에서 비롯됩니다.
자기 분수에 만족한다면 마음은 평화롭고 즐겁습니다.
더 이상 외부에서 만족을 찾으려 하지 마세요.
내면의 평화는 욕망을 비울 때 비로소 찾아옵니다.

흐른 시간을 붙잡으려 애쓰지 마세요,
그 속엔 이미 배움과 성장이 담겨 있습니다.
지금 이 순간에 마음을 두고 걸어갈 때,
행복은 당신의 발걸음을 따를 것입니다.

우리가

행복해지기 위해

버려야 할 것들

14

과거에 대한 후회

과거에 대한 후회

우리가 행복해지기 위해 버려야 할 것 중 하나는 바로 "과거에 대한 후회"입니다. 많은 사람들이 과거의 선택이나 행동에 대해 후회하는 순간을 겪습니다. "그때 다르게 했더라면 좋았을 텐데"라는 생각이 떠오를 때가 있습니다.

그러나 이러한 후회는 우리의 현재와 미래에 부정적인 영향을 미칠 수 있습니다. 후회는 우리가 이미 지나간 시간에 대해 되돌릴 수 없는 감정을 품고 있기 때문에, 그 감정에 집착하는 것은 삶에 방해가 될 수 있습니다.

후회의 본질은 우리가 과거의 선택을 현재의 시각으로 평가하면서 발생합니다. 우리는 과거의 결정을 지금의 경험과 지식으로 되돌아보며 아쉬움을 느끼지만, 사실 그 당시의 선택은 당시의 정보와 상황을 바탕으로 내려진 것입니다.

후회는 우리가 지금의 나로서 과거의 나를 비판하는 것에 불과합니다. 이처럼 후회는 왜곡된 인식에서 비롯되는 감정이기 때문에, 과거의 실수를 지나치게 되새기는 것은 비합리적이고 무의미합니다.

후회는 우리의 정신적 건강에도 심각한 영향을 미칩니다. 과거의 실수를 되새기며 과거에 대한 아쉬움을 계속 느끼면, 우리는 현재를 살기 위한 에너지를 소모하게 됩니다. 이로 인해 불안과 우울감이 생기고, 미래에 대한 두려움이 커질 수 있습니다.

우리는 과거의 잘못에 얽매여 현재를 놓치고, 미래에 대한 긍정적인 시각을 갖기 어려워집니다. 결국 후회는 우리를 더 불행하게 만들며, 행복을 찾는 데 장애가 될 뿐입니다.

우리가 과거에 대한 후회를 버리기 위해 첫째, 자기용서가 중요합니다. 누구나 실수를 하지만, 그 실수에서 교훈을 얻고 자신을 용서하는 것이 성장의 시작입니다. 이는 정서적 안정을 돕고, 과거 집착에서 벗어나 현재와 미래에 집중하도록 돕습니다.

둘째, 현재에 집중해야 합니다. 과거는 바꿀 수 없지만, 지금 최선을 다하면 삶에 긍정적인 변화를 가져올 수 있습니다. 마음 챙김이나 명상은 현재에 몰입하는 데 효과적이며, 과거로부터 자유로워지는 길을 열어줍니다.

후회는 우리가 바꿀 수 없는 과거에 대해 괴로워하는 감정이며, 그 감정에 계속 얽매이면 현재와 미래를 놓치게 됩니다. 과거의 실수를 인정하고, 자신을 용서하며, 현재에 집중하고, 그 경험에서 배울 수 있다면 우리는 진정한 행복을 찾을 수 있습니다.

과거에 얽매이지 않고, 현재와 미래를 긍정적인 시각으로 바라보는 것이 행복으로 가는 길임을 깨닫는 것이 중요합니다.

후회

만성적인 후회는 정신적으로 가장 해롭다.

잘못한 일이 있으면 회개하라.

그리고 고칠 수 있는 일이면 고치고

다음엔 그런 일이 없도록 노력하라.

잘못한 일에 언제까지 후회만 하고 있지 말라.

쓰레기 속에 뒹굴어서 사람이 깨끗해 질 수는 없는 노릇이다.

알도스 헉슬리

알도스 헉슬리 (Aldous Huxley, 1894 - 1963)는 영국의 소설가, 철학자, 사회 비평가로,
20세기 문학과 사상에 중요한 영향을 끼친 인물이다.

만성적인 후회는 마음을 갉아먹는 독입니다.

잘못을 알았다면, 회개하고 고칠 길을 찾으세요.

과거에 머물지 말고, 앞으로 나아갈 길을 만들어가세요.

쓰레기 속에서 벗어나지 않으면, 깨끗함은 찾을 수 없습니다.

후회

나이는 시간과 함께 달려가고,

뜻은 세월과 더불어 사라져 간다.

드디어 말라 떨어진 뒤에 궁한 집 속에

슬피 탄식한들 어찌 되돌릴 수 있으랴.

소학

소학 (小學)은 고대 중국의 유교 경전 중 하나로, 주로 어린이들이 배워야 할 도덕적
가르침과 사회적 규범을 담고 있다.

시간은 나이를 함께 흘려보내고,
뜻은 세월 속에 스며들어 사라지게 됩니다.
결국, 지나간 것은 되돌릴 수 없음을 깨닫고,
현재를 소중히 여길 때 의미 있는 삶을 남길 수 있습니다.

과거

인간이 어떠한 태도를 취할 것인가에 대해서
과거의 것은 인간에게 가르칠 힘이 없다.
이것은 인간이 스스로 회상하는 과거 것의 빛 속에서
눈을 떠 스스로 결단하지 않으면 안 되는 것을 의미한다.

칼 야스퍼스

칼 야스퍼스 (Karl Jaspers, 1883-1969)는 독일의 철학자이자 심리학자로 실존주의 철학의 중요한 인물이다.

과거는 더 이상 우리에게 가르침을 주지 않으며,
그 빛 속에서 스스로 눈을 뜨고 결단해야 합니다.
결국, 우리의 태도와 삶의 방향은
오직 우리의 손에 달려 있음을 깨달아야 합니다.

후회

후회의 씨앗은 젊었을 때

즐거움으로 뿌려 지지만,

늙었을 때 괴로움으로 거둬들이게 된다.

찰스 콜튼

찰스 콜튼 (Charles Colton, 1780 - 1832)은 영국의 주교이자 작가로, "자기반성적"이고 풍자적인 글쓰기로 알려져 있다.

젊은 날의 즐거움은 후회의 씨앗처럼 뿌려지고,
세월이 흐르면 그 씨앗이 괴로움으로 자라납니다.
그 즐거움이 결국 고통이 된다는 걸 알면서도,
우리는 여전히 그 씨앗을 뿌리며 살아갑니다.

후회

후회는 우리가 잘못했다는
사실을 상기시켜 주지는 않습니다.
후회는 우리가 더 잘할 수 있다는
사실을 상기시켜 줍니다.

캐서린 슐츠

캐서린 슐츠 (Katherine Schultz)는 미국의 작가이자 저널리스트, 심리학 및 철학적 주제를 다룬 글을 쓴 인물이다.

후회는 우리가 무엇을 잘못했는지 알려주지 않습니다.
그것은 우리가 더 나은 선택을 할 수 있다는
희망을 담고 있습니다. 과거의 실수에 자책하지 말고,
더 나은 내일의 희망을 위해 나아가야 합니다.

과거

우리들은 아름다운 하루하루를 허송하고

불길한 어떤 날을 맞이하였을 때 비로소

지난날이 다시 한 번 안 돌아오나 하고

염원하기가 일쑤다.

아르투르 쇼펜하우어

아르투르 쇼펜하우어 (Arthur Schopenhauer, 1788 – 1860)는 독일의 철학자로,
비관주의 철학의 대표적 사상가로, 이성보다는 의지가 인간 행동과 세계를 지배한다고
주장하였다.

우리는 하루하루를 허송세월 살면서,

불길한 날이 닥쳤을 때야 비로소 지난날을 그리워합니다.

잃고 나서야 알게 되는 것,

그때는 이미 돌아올 수 없는 시간이 되어버립니다.

우리가 행복해지기 위해
버려야 할 것들

초판 1쇄 펴낸날 2025년 3월 03일

지은이 김한수
펴낸이 이종근
펴낸곳 도서출판 하늘아래

주소 경기도 고양시 일산동구 하늘마을로 57- 9 3층 302호
전화 (031) 976-3531
팩스 (031) 976-3530
이메일 haneulbook@naver.com
등록번호 제300-2006-23호

ISBN 979-11-5997-110-5 (04810)
ISBN 979-11-5997-109-9 (세트)

＊잘못 만들어진 책은 바꾸어 드립니다.
＊이 책의 저작권은 도서출판 하늘아래에 있습니다.
＊하늘아래의 서면 등인 없는 무단 전재 및 복제를 금합니다.